Arena-Taschenbuch

Band 2883

Andreas Schreiner,
geboren 1965 in Steyr/Österreich, ist Konstrukteur. Schreiben ist für ihn die »aufregendste und intensivste Flucht aus der Alltagswelt«. Seit 1986 schreibt er Gedichte, Kurzgeschichten und Fantasy-Romane.

Andreas Schreiner

MYSTERY-PARK
LEVEL 1

DUELL DER SUPERHACKER

Arena

In neuer Rechtschreibung

1. Auflage als Arena-Taschenbuch 2004

Gesamtherstellung: Westermann Druck Zwickau GmbH
ISSN 0518-4002
ISBN 3-401-02883-9

INHALT

Die Geografie von Mystery-World

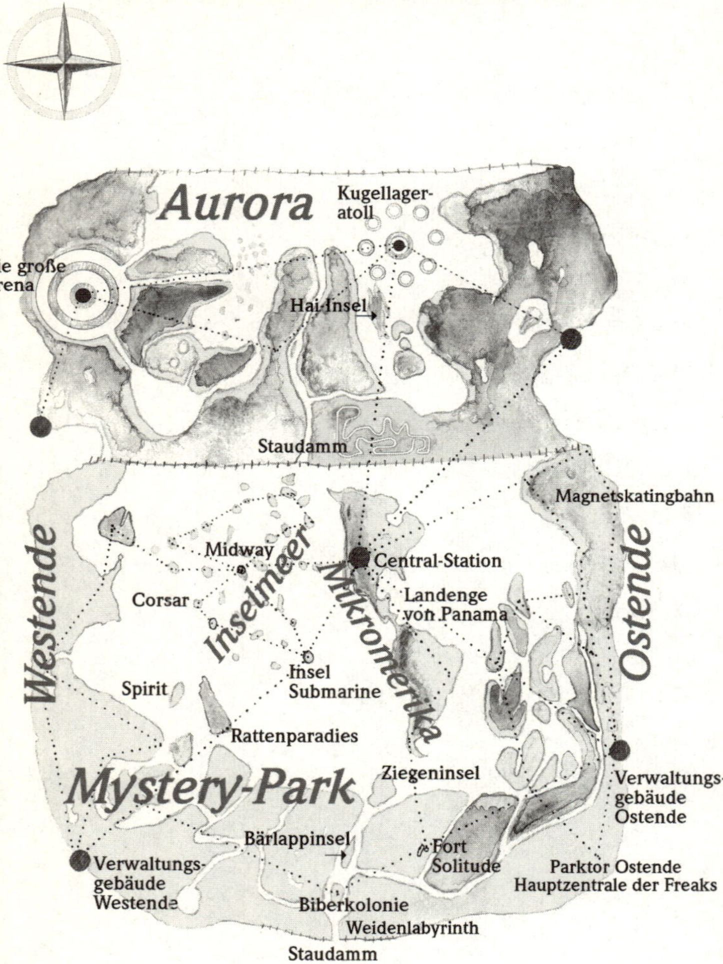

.... = *die wichtigsten Verbindungen des U-Bahn-Netzes*

Mystery-Park

Kein Erwachsener darf das Freizeitparadies im wilden Au-Dschungel betreten. Diese Welt wird allein von den Kids beherrscht. Hier können sie ihre Grenzen ausloten, nach ihren eigenen Regeln leben und absolute Freiheit genießen. Über dreihundert Quadratkilometer umfasst das Sperrgebiet, zu dem nur Personen unter sechzehn Jahren Zutritt haben. Doch allein die computerbegeisterten »Freaks«, die jugendlichen Ordnungshüter des Parks, wissen, was sich im Untergrund verbirgt. Geheime U-Bahn-Netze, eine grandiose Hightechausrüstung und das modernste Computernetzwerk stehen den Eingeweihten zur Verfügung.
Als der Datenmaulwurf, der rätselhafte Hackerrebell des Parks, von einem zweiten Superhacker herausgefordert wird, werden die Freaks in eine phantastische Auseinandersetzung mit hineingezogen. Der Schauplatz des Hackerduells kann nur mit Bildschirmbrille und Sensoranzug betreten werden, denn es findet im virtuellen Raum statt, in einer computergenerierten 3-D-Welt. Start frei für das revolutionärste Computerspiel aller Zeiten!

Level eins, Virtual Reality

Ausgetrickst!«, rief Erik. »Habt ihr das gesehen? Ich bin der Größte. Ich bin der Champion! Ich bin . . .«

»Ein Blödmann«, ergänzte Lizzy hämisch. »Hier war ich schon mal. Diese Schlucht ist eine Falle. Tschüss, Partner.«

»Hä?«, machte Erik. »Wie? Was? Oh nein!«

Im nächsten Moment ruderte er aufgeregt mit den Armen. Das Haltegestell, an dem er hing, begann zu rotieren. »Nein, nicht doch!«

»Spieler drei, game over«, tönte es aus dem Helmlautsprecher. »Bitte verhalte dich ruhig, solange das Game noch läuft. Maximale noch verbleibende Spielzeit: elf Minuten und zwanzig Sekunden.«

Ein Greifarm setzte Erik am Boden ab. Murrend befreite er sich aus den Sicherheitsgurten. Er nahm den Helm ab und sah sich verwirrt um. Direkt über ihm schwebten Lizzy, Patrick und Sonja in luftiger Höhe. Metallbänder schmiegten sich um ihre Arme und Beine. Es sah eigenartig aus, als wären sie Marionetten, die an den Fäden eines Puppenspielers tanzten. Die Freunde konnten Erik nicht sehen, denn sie trugen schwarze Helme ohne Sichtfenster. Und doch waren sie nicht völlig blind. In jeden Helm waren zwei winzige Bildschirme eingebaut. Ein Bildschirm für das rechte Auge und einer für das linke. Die Spezialeffekte waren ungeheuerlich. Hier, im Kellergewölbe von Mystery-Park, erfüllte sich der Traum aller Computerspieler.

VR* nannte man die neue Technik in der Fachsprache. Bisher hatte Erik nur darüber gelesen. Jetzt, da er es selbst erlebte, konnte er es kaum fassen.

»Einfach irre«, flüsterte Erik. Er betrachtete die Wandbildschirme. Dort konnte er zum Teil mitverfolgen, was die anderen Spieler erlebten.

Gerade eben raste Patricks Spielfigur in ein riesiges Spinnennetz. Der Junge wurde in seinen Haltegurten herumgewirbelt. Auch für ihn war das Spiel zu Ende.

»Na, hat's Spaß gemacht?«, fragte Erik, nachdem der Freund den Helm abgenommen hatte.

»Sp-Spaß?«, stammelte Patrick. Er wischte sich den Schweiß von der Stirn. »Ich habe mir fast in die Hose gepinkelt vor Angst! Nie wieder steige ich in diese Höllenmaschine.«

»Magst du keine Videospiele?« Erik heuchelte Erstaunen.

»Ich kann Computer nicht ausstehen. Computer sind hinterlistig. Sie tun immer nur das, was sie selbst wollen, nie das, was ich ihnen befehle. Elender, nichtsnutziger Hightechschrott!«

---

* VR: Abkürzung für »Virtual Reality« = scheinbare Wirklichkeit. Der VR-Raum hat nichts mehr mit gewöhnlichen Videogames zu tun, denn die Bildschirme sind so nah am Auge, dass das menschliche Gehirn getäuscht wird. Ein Helm macht die Spieler blind für ihre wahre Umgebung. Sie sehen und hören nur noch das, was ihnen der Computer vorgaukelt. Man sitzt nicht einfach vor dem Monitor und steuert eine Figur mit dem Joystick. Man wird selbst zur Spielfigur und der Raum, in dem man gerade sitzt, steht oder geht, verwandelt sich in eine künstliche, dreidimensionale Welt.

»Warum bist du dann freiwillig eingestiegen?«
»Weil du mich dazu überredet hast, du Schuft! Warum hast du mich nicht gewarnt?«
»Ich dachte, du genießt es«, log Erik und verbiss sich ein Grinsen. »Sieh nur, die Mädchen sind begeistert.« Er zeigte auf den Bildschirm.
»Ja natürlich, das ist ja auch ein Spiel für Verrückte«, behauptete Patrick. »Und ich wusste immer, dass die beiden durchgeknallt sind.«
Über ihm lachte jemand. Lizzy amüsierte sich großartig. Sie schwebte frei wie ein Vogel. Unter ihr raste eine künstliche Landschaft dahin. Nur gelegentlich dachte sie daran, dass der Wind, den sie im Gesicht spürte, von Ventilatoren im Helm erzeugt wurde und dass sie an Haltegurten hing. Alles wirkte so echt! Ihre Arme waren Flügel, auf denen sie elegant durch die Luft segelte. Es war wunderschön.
Lizzy legte die Arme seitlich an. Sogleich stürzte sie wie ein Stein in die Tiefe. In ihren Ohren pfiff der Wind. Der Boden kam rasend schnell näher. Als sie die Arme wieder ausbreitete, wurden sie nach oben gedrückt, so als wären sie echte Flügel, die den Luftdruck abfangen mussten. Lizzys Körper wurde gedreht, fallen gelassen, wieder aufgefangen und durchgeschüttelt. Sie kreischte vor Vergnügen.
»Juhu, das ist besser als jede Achterbahn! . . . Huch!«
Im letzten Moment gelang es ihr, den Sturzflug abzufangen, gefährlich dicht über dem Boden. Lizzy bewegte die Arme auf und ab. Durch diese »Flügelschläge« gewann sie wieder etwas Höhe.

»Pass auf, Wildkatze!«, dröhnte eine Stimme aus den Helmlautsprechern. Das war Erik. Er musste ein Mikrofon eingeschaltet haben.

Lizzy sah sich um. Direkt unter ihr raste ein schwarzer Fleck über den Boden. Kein Grund zur Sorge. Es war bloß der Schatten ihrer eigenen Spielfigur. In der VR-Welt wurde jeder Teilnehmer in einen fliegenden Drachen verwandelt. Gemeinsam sollten alle Spieler das Tor zum zweiten Level suchen, so hieß es in der Spielbeschreibung. Wenigstens einer musste das Ziel erreichen, dann war das Spiel gewonnen. Diese Aufgabe hörte sich einfach an. Trotzdem hatte es bisher noch niemand geschafft. Die 3-D-Landschaft war riesengroß. Es gab viele Verstecke und heimtückische Fallen.

Nicht weit von Lizzy entfernt, kreiste Sonjas Drachenfigur. Ein faszinierender Anblick. Ihre geschuppten Flügel glitzerten golden und rot. Von dort drohte keine Gefahr, aber . . .

Am Boden erschien plötzlich ein dritter Schatten. Dann noch einer und noch einer. Mit einer schnellen Drehung flog Lizzy eine Kurve. Dabei sah sie drei Computerdrachen herabstürzen, tiefschwarz vor dem hellblauen Bildschirmhimmel. Heftig schlug sie mit den Flügeln und stieg steil nach oben. Zwei Drachen folgten ihrem Manöver, während der dritte Kurs auf Sonjas Spielfigur nahm. Lizzy konnte der Freundin nicht einmal eine Warnung zurufen. Sonja würde es nicht hören, denn sie war von Geburt an taub.

Ein Feuerstrahl raste dicht an Lizzy vorbei. Sie spürte die Hitze im Gesicht und unterdrückte einen Schrei.

Das ist nicht die Wirklichkeit, sagte sie sich. Es ist kein echtes Feuer, sondern nur das Heizgerät im Helm. Ich darf jetzt nicht die Nerven verlieren. Sie legte wieder die Arme an den Körper und riskierte einen rasanten Sturzflug. Die Computerdrachen folgten ihr hartnäckig. Sie fegte im Zickzackkurs dicht über den Boden, während rechts und links von ihr Feuerstrahlen einschlugen. Felsen zerbarsten, Bäume verglühten. Sie hörte das Heulen des Windes, die Donnerschläge und das Knistern der Flammen.

Lizzy flüchtete sich ins Gebirge. Eine steil aufragende Felsnadel gab ihr Deckung. Sie umrundete den Berg einige Male und schraubte sich dabei wieder höher. Direkt am Gipfel schlug sie einen Looping.

»Ha, damit habt ihr nicht gerechnet!«

Sie kicherte schadenfroh. Durch das gewagte Manöver war sie plötzlich hinter ihre Verfolger geraten.

Das Mädchen verlor keine Zeit, sondern spitzte die Lippen und blies. Ein Messgerät im Helm nahm den Luftstrom wahr. Das Computerprogramm reagierte sofort. Dieser Spezialeffekt, fand Erik, war wirklich das Allercoolste an dem Drachenspiel. Lizzys Spielfigur spuckte Feuer, und wie!

Ein gegnerischer Drache geriet in den Strahl und verwandelte sich dabei in eine Wolke bunter Vögel. Lachend flog Lizzy durch die Vogelwolke. Das war ein Fehler. Umgeben von unzähligen Schwirrflügeln konnte sie nichts mehr sehen. Die lästigen Flatteriche ließen sich einfach nicht abschütteln und irgendwo im Hinterhalt musste

der zweite Drache lauern. Gleich darauf hörte sie das typische Fauchen eines Feuerstrahls.
Okay, das war's, dachte sie. Game over. Stattdessen löste sich die Vogelwolke auf. Majestätisch flog Sonjas Drache über ihr, wie ein riesiger goldroter Schutzengel.
»Danke«, flüsterte Lizzy erleichtert.
Von den schwarzen Jägern war nichts mehr zu sehen. Erik und Patrick klatschten begeistert.
Für die gehörlose Sonja war es doppelt schwer, sich in dieser künstlichen Welt zurechtzufinden. Doch ihre erstaunlichen Instinkte für alles, was mit Computern zu tun hatte, glichen das wieder aus. Schon als kleines Mädchen hatte sie in der Schule als »Wunderkind« gegolten. Jetzt, mit fünfzehn, war sie der Alptraum aller Programmierer und Datenschützer. Kein Passwort, keine Sicherheitssperre konnten ihr widerstehen. Sie und ihre Freunde waren die Super-User*, die Hackerkönige von Mystery-Park.
»Wir sollten eng nebeneinander fliegen«, schlug Sonja vor. »So können wir uns gegenseitig beschützen. Ich übernehme die Führung.«
»Klar, du bist wieder mal der Boss«, sagte Lizzy. »Was bleibt mir anderes übrig? Du hörst es ohnehin nicht, wenn ich Nein sage.« Sie verringerte die Geschwindigkeit und setzte ihren Drachen schräg hinter Sonjas Spielfigur.
In letzter Zeit hatte sich die Freundin sehr verändert, fand sie. Sonja war eine richtige Quasseltante geworden.

* Super-User: Untergruppe der Freaks, siehe Stichwortverzeichnis

Wenn sie sprach, klang es merkwürdig und irgendwie falsch. Sie konnte die Worte nicht richtig betonen.
Das war so bei gehörlosen Menschen. Ihre Freunde wussten es und störten sich nicht daran. Es war keine zwei Wochen her, da hatte sich Sonja für ihre schlechte Aussprache noch geschämt. Sie hatte solche Angst, sich zu blamieren, dass sie lieber ganz stumm blieb. Wenn sie etwas mitteilen wollte, tippte sie die Worte auf der Tastatur ihres Laptops. Auch daran hatten sich ihre Freunde gewöhnt.
Umso größer war die Überraschung, als Sonja plötzlich ohne Laptop auftauchte. Und sie sprach! Ja, die Worte sprudelten nur so aus ihr heraus, als wäre in ihr ein Damm gebrochen. Die ganze Zeit plapperte sie vor sich hin. Erik fragte sogar, ob es nicht irgendeinen Knopf gebe, mit dem man sie wieder abschalten könne.
Das war natürlich nicht ernst gemeint. Niemand freute sich mehr über die neue Sonja als Erik. Seit einem Jahr waren die beiden fest befreundet.
»Das Spiel wird langweilig«, beschwerte sich Sonja. »Seit Stunden düsen wir sinnlos hier herum. Wir müssen endlich das Tor nach Level zwei finden. Sollen wir unser Glück noch einmal bei den Höhlen versuchen?«
»Nein, viel zu riskant«, antwortete Lizzy, obwohl es Sonja nicht hören konnte. Dass Sonja sinnlose Fragen stellte, ohne die geringste Hoffnung auf Antwort, war ebenfalls neu.
Lizzy wusste nicht recht, was sie von all dem halten sollte. Seufzend folgte sie dem Drachen.

»Langweilig, hat sie gesagt!«, empörte sich Patrick. »Habt ihr das gehört? Mir schlottern noch die Knie wie Wackelpudding und Sonja langweilt sich. Ist die noch normal?«
Erik achtete nicht auf ihn. »Das bringt nichts!«, rief er ins Mikrofon. »Die Höhlen habe ich gründlich abgesucht. Dort ist keine Spur von einem Tor.«
»Ja, ich weiß«, antwortete Lizzy. »Aber du kennst Sonja. Es wird immer schlimmer mit ihr. Alles muss nach ihrem Kopf gehen. Sie ist sturer als ein Esel.«
»Oh ja«, bestätigte Erik. Dabei starrte er auf den Bildschirm. Als Sonjas Drache haarscharf an einer Felskante vorbeiflog, hielt er die Luft an.
»Zu schnell, sie ist viel zu schnell«, rief Lizzy aufgeregt. »Hochziehen, Sonja!«
Die Warnung war natürlich umsonst. Mit Mühe konnte Lizzy ihren eigenen Drachen retten. Sonja aber flog unbeirrt geradeaus, direkt in einen Wasserfall hinein.
»Typisch, immer mit dem Kopf durch die Wand«, spottete Erik. »Aber, was ist das?«
»Das gibt's nicht!«, stöhnte Patrick. »Dieses verrückte Huhn hat mehr Glück als Verstand. Lizzy, da ist eine Grotte hinter dem Wasserfall!«
Lizzy stoppte ihren Höhenflug. Sie drehte sich elegant um die Körperachse und stürzte sich wieder in die Schlucht. Gleich darauf durchstieß auch sie den schimmernden Vorhang des Wasserfalls.
»Aufgabe gelöst«, meldete der Computer. »Willkommen auf Level zwei.« Die 3-D-Welt verschwand. Auch die

Drachenfiguren lösten sich auf. Körperlos schwebten Sonja und Lizzy über einer Landschaft, die sie schon auf den ersten Blick erkannten. Es war der Mystery-Park.
»Das ist keine Computergrafik«, sagte Sonja. »Sieht eher aus wie Fotoaufnahmen. Wahrscheinlich Satellitenbilder.«
Sie legte die Arme an und flog so tief wie möglich. Das Ergebnis war nicht besonders aufregend. Keine Spur mehr von Spezialeffekten. Sie kam sich vor wie eine Mücke, die über ein Farbfoto fliegt. Länger als eine halbe Stunde kreiste Sonja über der Riesenfotografie, ohne dass sie wusste, wonach sie überhaupt suchen sollte. Schließlich reichte es ihr.
»Spiel speichern und beenden!«
Die Helmbildschirme wurden schwarz. Ein Greifarm setzte sie sanft am Boden ab.
»Na, hast du endlich die Nase voll?« Sonja konnte die Frage von Eriks Lippen ablesen. »Seit einer halben Stunde versuchen wir dich zu erreichen. Ich fürchtete schon, du willst dort oben übernachten.«
»Ich hatte keine Ahnung«, versicherte Sonja. »Warum habt ihr das Spiel nicht gestoppt?«
»Lizzy war dagegen. Sie sagte, du wirst schon wissen, was du tust.«
»Ich war mir nicht sicher«, erklärte Lizzy. »Es hätte ja sein können, dass die Spieleprogrammierer auf Gehörlose Rücksicht nehmen und einen Schrifttext einblenden.«
»Nein, auf uns nimmt selten jemand Rücksicht«, murrte Sonja. »Habt ihr was gehört?«

Erik nickte. »Eine Computerstimme. Sie wurde mehrmals wiederholt. Ich habe den Text für dich aufgeschrieben.«

Er gab ihr ein Stück Papier. Darauf stand:

»Folgt der Spur von Hase und Igel und sucht das Tor nach Level drei. In der Mitte der sechs Wächter, auf der Insel, wo Elfen einst tanzten, müsst ihr ein Lied singen. Kommt zur Geisterstunde. Nur wer feine Ohren hat und die alten Zeichen der Seefahrer kennt, kann es schaffen. Wartet nachts auf die Zeichen am Himmel. Erkennt die Melodie darin. Der höchste Ton liegt auf dem äußeren Streifen des Regenbogens. Die Wächter werden den Takt schlagen.«

»Ich glaube nicht, dass dieses Rätsel zum Grundprogramm des Spiels gehört«, vermutete Erik nachdenklich. »Die Programmierer von Gigaplex* haben einen anderen Stil. Sonja, könnte es sein, dass der Text von einem Hacker stammt, der in den Spieledateien herumgepfuscht hat? Du weißt, wen ich meine?«

Sonja antwortete nicht. Ihre Augen wurden schmal und ihr Gesicht rötete sich vor Zorn. Auf dem Wandbildschirm wurde gerade in diesem Moment das Rätsel noch einmal wiederholt, diesmal schriftlich.

Und noch etwas stand dort zu lesen:

»Hallo, ihr tollkühnen Drachenflieger!

Sorry, aber ich konnte nicht widerstehen. Ich musste das Spiel ein klein wenig umprogrammieren. Extra für euch habe ich einen zusätzlichen Level eingebaut, damit die Sache

---

* Gigaplex: siehe Stichwortverzeichnis

spannender wird. Ich gebe euch eine letzte Chance mich zu finden. Zu lange wurden die Freaks* nicht mehr herausgefordert. Jede Menge Küsschen schickt euch euer liebster Freund, der Datenmaulwurf. Habt ihr mich vermisst?«

Der Rest des Bildschirms füllte sich mit tausenden roter Kusslippen. Die Küsschenviren überschwemmten das Computernetz von Mystery-Park und »fraßen« dabei einige Hilfsdateien der Super-User. Es war kein großer Schaden. Ein geübter Hacker konnte es leicht reparieren. Trotzdem schäumte Sonja vor Wut. Fasziniert beobachtete Erik, wie sich die glatten blonden Haare seiner Freundin sträubten, als wären sie elektrisch geladen.

»Schon wieder dieser freche Wicht! Er wagt es, mich herauszufordern.«

»Ja, unser liebster Freund hatte schon immer einen merkwürdigen Humor«, sagte Erik.

»Freund?«, zischte Sonja. »Ein Angeber, ein Störenfried! Wir müssen etwas unternehmen, das Computernetzwerk besser absichern, bevor er noch mehr Schaden anrichtet.«

Lizzy kicherte. »Das versuchen wir schon seit drei Jahren erfolglos. Kein Mensch weiß, wer sich hinter dem ›Datenmaulwurf‹ versteckt. Sogar Gigaplex ist gegen den Superhacker machtlos. Stell dir nur vor, er hat den Programmcode des Drachenspiels geknackt. Weißt du, was das bedeutet? Es ist wahrscheinlich das modernste Computerspiel

---

* Freaks: die jugendlichen Ordnungshüter von Mystery-Park, siehe Stichwortverzeichnis

der Welt und strengstens gesichert. Man sollte meinen, dass sich jeder Hacker die Zähne daran ausbeißt. Aber was macht der Maulwurf damit? Er spaziert durch alle Passwortsperren und verändert das Hauptprogramm. Er verspeist die Sicherheitscodes sozusagen zum Frühstück. Der Maulwurf ist ein Genie. Er ist unschlagbar!«

»Das wollen wir doch erst mal sehen«, zischte Sonja. Ohne Gruß verließ sie den Raum und knallte die Tür zu.

»Was hat sie denn?«, murmelte Erik. »Hab ich etwa was Falsches gesagt?«

»Du nicht, aber vielleicht der Datenmaulwurf«, vermutete Lizzy. Sie wiederholte eine Zeile des Rätsels: »Nur wer feine Ohren hat und die alten Zeichen der Seefahrer kennt, kann es schaffen.«

»Oh«, machte Erik. »Jetzt hab ich's kapiert. Du meinst, der Maulwurf hat das mit den feinen Ohren nur geschrieben, um Sonja zu ärgern? Das glaube ich nicht.«

»Ich auch nicht«, sagte Lizzy. »Der Maulwurf ist unser Freund, das hat er oft genug bewiesen. Vielleicht redest du mal mit Sonja. Sie wirkt in letzter Zeit etwas . . .«

» . . . hysterisch«, beendete Erik den Satz. »Ich weiß auch nicht, was sie hat. Sie regt sich über jede Kleinigkeit auf. Sie ist sofort beleidigt. Dauernd nörgelt sie an mir rum. Es ist kaum noch auszuhalten mit ihr.«

»Mädchen«, sagte Patrick und verdrehte die Augen. »Die spinnen alle ab und zu. Mach dir nichts draus, Erik, das ist ganz normal . . . Halt, nein, autsch, dich hab ich doch gar nicht gemeint!«

»Von wegen spinnen!«, rief Lizzy. »Na warte, du!«

Patrick vollführte wahre Bocksprünge, um ihren kneifenden Fingern auszuweichen.
Normalerweise hätte Erik über die Sondereinlage gelacht, aber diesmal war ihm gar nicht danach zu Mute. Mit Sonja stimmte etwas nicht. Er machte sich Sorgen um sie.

Level zwei, Mystery-Park

Sonja wusste selbst, dass sie sich danebenbenahm. Es gab im Moment zu viele Dinge, mit denen sie fertig werden musste. Zu viele widersprüchliche Gefühle in ihrem Kopf. Alles hing, mehr oder weniger, mit ihrem herannahenden sechzehnten Geburtstag zusammen. Sechzehn war ein magisches Alter im Mystery-Park. Die wichtigste Regel hier lautete: Niemand über sechzehn darf eintreten!

Der Mystery-Park war nicht nur ultramodern, sondern auch das teuerste und ungewöhnlichste Jugendprojekt aller Zeiten. Erbaut und betreut wurde er vom Computerkonzern Gigaplex. Lange Zeit wusste niemand, warum Gigaplex so viel Geld dafür ausgab. Eintrittsgeld wurde nicht verlangt. Kinder und Jugendliche zwischen sieben und sechzehn Jahren durften hierher kommen, wann immer sie wollten. Man musste nur eine schriftliche Erlaubnis der Erziehungsberechtigten vorzeigen.

Sonja wohnte in der Nähe und konnte fast ihre ganze Freizeit hier verbringen, nicht nur in den Ferien. Nach und nach erforschte sie die ungewöhnliche Welt.

Mystery war kein Vergnügungspark. Nach Achterbahnen, Karussells und Märchenschlössern suchte man hier vergebens. Ja, es gab nicht einmal Straßen oder gepflasterte Wege. Wer hier eintrat, fand sich mitten in der Wildnis wieder. Ein abenteuerliches Land war es, ein natürli-

cher, wilder Au-Dschungel mit Seen, Inseln, Sümpfen und Sandstränden. Ein riesiges Sperrgebiet, wo die Kids absolute Freiheit genießen durften.
Aber nicht die wilde Natur lockte Besucher aus aller Welt an, sondern die zahllosen Überraschungen und Geheimnisse, die Gigaplex in den Wäldern versteckt hatte. Sie warteten nur darauf, entdeckt zu werden. Die Unterhaltungstechnik der Zukunft sollte hier von Menschen der Zukunft getestet werden. Und die Menschen der Zukunft, das waren die Kids, die Jugendlichen, die »Generation Future«. Alles, was sie fanden, gehörte den Kids. Sie durften damit tun, was sie wollten. Dabei war es gleichgültig, ob es sich nur um Kleinigkeiten oder um die modernsten Computer handelte. Kein Erwachsener durfte sich einmischen.
Erwachsen, dachte Sonja und seufzte. Ist man mit sechzehn erwachsen? Wenn es so ist, dann stimmt etwas nicht mit mir. Ich fühle mich nicht wie eine Erwachsene.
Sie saß vor einem Computerterminal und grübelte. Hier, im Verwaltungsgebäude Ostende*, war das Hauptquartier der Freaks. Fast alle technischen Anlagen des Parks wurden von hier aus überwacht und gesteuert. Eigentlich sollte alles vollautomatisch laufen, doch auch in der modernsten Technik passieren Pannen. Auf Sonjas Bildschirm erschienen alle Fehlermeldungen des Tages. Da wurde zum Beispiel ein Loch in der Wasserleitung gemeldet. Seit Stunden lief das Wasser aus und niemand

* Siehe Seite 6: Die Geografie von Mystery-World

kümmerte sich darum. Sonja schrieb eine E-Mail** an die Techno-Zentrale.
Ohne die Technos*** lief gar nichts in Mystery. Diese Mädchen und Jungs erledigten alle kleineren Reparaturen im Park. Doch konnten sie nicht überall gleichzeitig sein.
Wir sind einfach zu wenige, dachte Sonja traurig. Die Freaks werden immer weniger und die Parkbesucher immer mehr. Das kann nicht mehr lange gut gehen.
Sie rief eine Datei auf und zählte alle Namen, die darin gespeichert waren.
Wir sind nur noch fünfundzwanzig Leute, stellte Sonja erschrocken fest. Und mehr als die Hälfte ist schon über fünfzehn.
Eigentlich durfte man sich nicht darüber wundern. Nicht viele Kids opferten ihre Ferien für unbezahlte Arbeit. Außerdem konnte nicht jeder, der wollte, ein Freak werden. Nur die besten Techniker, Hacker und Internetsurfer kamen dafür in Frage. Denn wer den Mystery-Park beherrschen wollte, musste mit Computern umgehen können.
Sonja überprüfte die Dateien weiter. Beschwerden und Anfragen stapelten sich im elektronischen Briefkasten.
Bei den Sandstränden von Ostende gab es Zoff. Irgendjemand beschwerte sich, dass dort völlig ausgeflippte Typen eine Dauerparty feierten. Sonja schnaufte gelang-

---

** E-Mail: elektronischer Datenaustausch; eine Botschaft, die über Telefonleitungen von Computer zu Computer geschickt wird
*** Technos: Untergruppe der Freaks, siehe Stichwortverzeichnis

weilt. Sie schrieb eine E-Mail an Phantom*. Sollte sich die Parkpolizei darum kümmern.
Das nächste Problem konnte nur ein guter Hacker lösen. Das war ihr Job. In der Steuerungssoftware der U-Bahn wurde ein Programmfehler gemeldet. Sonjas Finger tippten wie selbstständig auf der Tastatur. Sie korrigierte die fehlerhaften Programmzeilen.
Wenn die Freaks zu alt für den Park werden, überlegte sie, wer wird sich dann um alles kümmern?
Plötzlich zupfte sie jemand an den Haaren. Sonja drehte sich gereizt um. Ein Junge grinste sie aus dreckverschmiertem Gesicht an.
»Du?«, knurrte sie. »Du hast mir gerade noch gefehlt!«
»Ich habe dir gefehlt?«, wiederholte der Junge. »Wie meinst du das? Gibt's hier was zu reparieren? Keine Sorge, das erledige ich in null Komma nix!«
Sonja stöhnte. Vor ihr stand der jüngste aller Freaks. Wenigstens er durfte noch viele Jahre den Park besuchen. Ob das wirklich ein Glück für die künftigen Parkbesucher war oder eher eine Katastrophe, darüber war sich Sonja nicht sicher.
Der Kleine war erst acht Jahre alt. Sein Name war Pascal, aber alle nannten ihn nur Mini-Atü** oder kurz Atü. Er trug einen dunkelblauen Overall. Über seinen Schultern hingen, überkreuzt wie Patronengurte, zwei Werkzeug-

* Phantom: die Parkpolizei, Untergruppe der Freaks, siehe Stichwortverzeichnis
** Mini-Atü: jeder Besucher von Mystery erhält irgendwann einen Spitznamen, das gehört zu den ungeschriebenen Gesetzen des Parks; siehe unter »Spitznamen« im Stichwortverzeichnis

taschen, in denen verschiedene Schraubenzieher, Schlüssel, Zangen und Messgeräte steckten. Sonja sah sich hastig um. Hoffentlich hatte Atü nichts angestellt. Die Neugierde des Kleinen war berüchtigt. Bedenkenlos schraubte er an den kompliziertesten Maschinen herum, nur um zu sehen, wie sie funktionierten. Der Schaden, den er dabei anrichtete, war enorm.

»Wo ist denn der Fehler?«, fragte er fröhlich. »In deinem Computer etwa?«

»Wehe, du wagst es«, antwortete Sonja und hob warnend den Zeigefinger. »Vergiss nicht, dass wir eine Abmachung haben. Du weißt, was ich meine?«

Sie zeigte auf ein rot umrandetes Merkblatt an der Wand. Darauf stand in fetten roten Buchstaben geschrieben:

»Was ich darf und was ich nicht darf!«

Und darunter :

»Rechte und Pflichten des Techno-Freaks Mini-Atü:«

»Wie lautet die erste Regel?«, fragte Sonja.
»Ich darf in der Zentrale keine Computer zerlegen, berühren oder auch nur schief ansehen«, antwortete Atü wie aus der Pistole geschossen.
»Brav«, lobte Sonja. »Und weiter?«
Atü las vom Merkblatt ab: »Dasselbe gilt für Tastaturen, Drucker, Scanner und überhaupt für jedes technische Gerät in diesem Raum. Atü darf nicht näher als fünfundvierzig Zentimeter an die Computer herankommen.« Er sah Sonja nachdenklich an und fragte: »Warum gerade fünfundvierzig Zentimeter?«
»Warum? Ah, gut, dass du mich erinnerst.«
Sonja fischte ein Rollmaßband aus Atüs Werkzeuggürtel und maß damit seine Armlänge ab. »Zweiundvierzig Zentimeter«, stellte sie fest. »Viel zu knapp. Warte, das haben wir gleich.« Mit einem Filzstift strich sie auf dem Merkblatt die Zahl 45 durch und ersetzte sie durch 50. Atü machte dabei ein Gesicht, als hätte er an einer Zitrone gelutscht.
»Okay, das wäre erledigt. Und jetzt will ich wissen, was du in der Zentrale suchst. Hatten wir nicht ausgemacht, dass du nur hierher kommst, wenn deine große Schwester dabei ist? Wo ist Rebecca? Los, raus mit der Sprache.«
»Beccy hat es mir erlaubt, Ehrenwort«, verteidigte sich Atü. »Sie hat mich extra hergeschickt. Ich muss nachsehen, ob jemand hier ist.« Während er sprach, schielte er sehnsüchtig auf die Computertastatur.
»Du sollst nachsehen, ob jemand in der Zentrale ist?«, fragte Sonja misstrauisch. »Warum?«

»Damit ich alle warnen kann«, erklärte Atü. »Weil Beccy nämlich für einen Moment . . .«
»Patsch!«, machte es und die Bildschirme wurden dunkel.
». . . den Strom abschalten will«, vollendete er den Satz.
Sonja hätte ihm am liebsten den Hintern versohlt. Obwohl die Notaggregate sofort wieder Strom lieferten und die Computer neu starteten, waren alle Programmänderungen der letzten Stunde futsch.
Sie war immer noch stinksauer, als Atüs Schwester Rebecca die Zentrale betrat. Kurzschluss-Beccy wurde sie von ihren Freunden genannt. Sie war dreizehn Jahre alt, Chief* der Technos und die beste Mechanikerin von Mystery.
»Ja, wen haben wir denn da?«, rief Beccy, als sie Sonja sah. »Nett, dass du dich wieder mal in der Zentrale sehen lässt. Ich dachte schon, den erhabenen Super-Usern macht die Arbeit keinen Spaß mehr.«
»Ich arbeite dann, wenn es mir passt«, entgegnete Sonja unfreundlich, obwohl sie wusste, dass Beccy nur einen Scherz machen wollte. »Wie oft soll ich noch sagen, dass ihr die Finger vom Zentralrechner lassen sollt? Sieh dir das an!«
»Oje, oje«, murmelte Rebecca, als sie zum Bildschirm sah.
»Fünf Sektoren auf Festplatte C beschädigt«, stand da zu lesen. **»Beschädigte Dateien löschen?«**
»Hat dich mein Bruder nicht gewarnt?«

* Chief: Bezeichnung für den obersten Ingenieur

Sonja antwortete nicht. Sie bestätigte den Löschbefehl und schimpfte weiter: »Wann kapiert ihr endlich, dass ein Computer keine Glühbirne ist, bei der man den Strom einfach so ein- und ausschaltet? Das sind hoch empfindliche Geräte. Außerdem vertragen sie keinen Dreck.« Vorwurfsvoll zeigte sie auf die öligen Spuren, die Beccys Turnschuhe auf dem Boden hinterlassen hatten.
Die Tür ging auf. Erik, Lizzy und Patrick traten ein.
»Schuhe ausziehen, du Ferkel!«, schrie Sonja wütend.
»'tschuldigung«, murmelte Patrick.
Er war auf dem Weg hierher in eine Pfütze getreten. Zwar schlüpfte er sofort aus den Sandalen, doch das half wenig. Seine Socken waren ebenfalls feucht und lehmig.
»Ich werde mich erkälten«, jammerte er. »Meine Nase fängt schon an zu laufen. So ein ekliges Regenwetter, und das mitten im Sommer.«
Schmutzig, wie er war, ließ sich Patrick in einen teuren Bürosessel plumpsen. Mit beiden Händen strich er sich über die klatschnassen Haare. Wassertropfen, Lehm und welke Blätter spritzten dabei auf die Tastatur des nebenstehenden Computers. Um das Maß voll zu machen, legte er noch beide Füße auf den Rechner, um seine Zehen daran zu wärmen. Sonja brachte vor Entsetzen keinen Ton heraus.
Patrick gähnte und fragte freundlich: »Na, gibt's irgendwas Neues?«
Sonja knallte ihm einige Computerausdrucke auf den Tisch.
»Hatschi!«, nieste Patrick. Dabei segelte das Papier auf

den Boden. »'tschuldigung«, schniefte er. Bequem lümmelte er weiter im Sessel.

Schließlich verlor Sonja die Geduld. Sie hob die Blätter selbst auf. »Da, lies! Das sind alles Beschwerden von Parkbesuchern. Während der letzten Wochen sind ein paar Streithähne aufgetaucht. Sie haben eine Bande gebildet und terrorisieren ganz Ostende. Phantom wurde schon mehrmals um Hilfe gebeten, aber niemand kümmert sich darum. Was sagst du dazu? Immerhin bist du der Phantom-Chief.«

»Das klingt nicht gut.« Sichtlich gelangweilt, blätterte Patrick die Liste durch. »Hat jemand Taschentücher?«

»Da, nimm.« Rebecca fischte einen Lappen aus der Werkzeugtasche. Dabei lächelte sie verführerisch. Sie hatte längst ein Auge auf Patrick geworfen und sie wusste genau, dass er noch keine feste Freundin hatte.

Patrick beäugte das Tuch misstrauisch. Es war voller Schmieröl. Gleich darauf musste er wieder niesen.

»Dich hat es wirklich schlimm erwischt«, meinte Rebecca. »Hast du etwa Fieber?« Sie befühlte seine Stirn und wischte dabei diskret ein paar Ölschlieren weg.

Sonja ärgerte sich über das dämliche Grinsen, das Patrick dabei aufsetzte. »Sehr krank sieht er nicht aus«, stellte sie fest. »Eher faul, würde ich sagen. Und so was haben wir zum Phantom-Chief gewählt!«

»Ich bin nicht faul, sondern krank«, verteidigte sich Patrick. »Außerdem habe ich kaum noch Leute. Daran liegt es.«

Das mit den Leuten stimmte, wie Sonja widerwillig zugeben musste. Die Mädchen und Jungs von Phantom hatten es nicht leicht. Sie mussten nicht nur darauf achten, dass die Parkregeln* eingehalten wurden. Auch wenn es Streitereien unter den Parkbesuchern gab, wurden die Phantome als Schiedsrichter gerufen. Diese besonders schwierige Aufgabe wurde meist von den älteren Freaks übernommen.

Genau hier lag Patricks Problem. Drei Phantome hatten erst vor kurzem den Park verlassen müssen, weil sie zu alt geworden waren. Der Torcomputer hatte ihnen die Magnetkarte entzogen und ließ sie nicht mehr ein. Sieben weitere Phantome hatten sich vorzeitig von dem Job verabschiedet, obwohl sie erst im Herbst das magische Alter erreichten. Patrick war ihnen nicht böse deswegen. Wenigstens ihren letzten Mystery-Sommer wollten sie friedlich und ohne Stress genießen.

»Wir sind nur noch dreizehn«, beschwerte sich Patrick. »Dreizehn Phantome für mehr als dreitausend Besucher.«

»Willkommen im Klub«, sagte Rebecca. »Bei Techno sind es nur noch achteinhalb. Aber unser größtes Problem …«

»Wieso achteinhalb, Beccy?«, fragte Atü. »Ich dachte, wir sind neun.«

Rebecca sah ihn nur an und grinste. Auch die anderen Freaks lächelten. »… unser größtes Problem sind die Super-User«, fuhr Rebecca fort. »Wenn Sonja und Erik ausfallen, bleibt Lizzy allein übrig.«

---

* Siehe Anhang 1: Die Gesetze von Mystery-Park

»Ich finde, ihr macht euch unnötig Sorgen«, sagte Lizzy. »Die Parkbesucher sind hier völlig sicher. Die modernste und teuerste Technik der Welt beschützt sie. Es geht auch ohne die Freaks.«

»Nein, es geht nicht ohne uns!«, widersprach Atü. »Auch die teuersten Maschinen können kaputtgehen. Wer soll sie dann reparieren?«

»Die Techniker von Gigaplex«, antwortete Rebecca. »Es wäre nicht das erste Mal. Techno kann nur Kleinigkeiten selbst reparieren. Wenn es zu kompliziert wird, brauchen wir die Hilfe erwachsener Ingenieure. Sie kommen nachts still und heimlich durch die unterirdischen Gänge.«

»Stimmt«, bestätigte Erik. »Sie sind wie Gespenster. Sie wollen nicht gesehen werden, weil sie damit die oberste Parkregel brechen.«

»Ich habe sie trotzdem erwischt«, erzählte Rebecca. »Manchmal, in den Ferien, erlauben meine Eltern, dass ich im Park übernachte.«

»Und mir nicht!«, empörte sich Atü. »Das ist ungerecht! Beim nächsten Mal übernachte ich auch hier. Und dann werde ich diesen Regelbrechern gehörig die Meinung sagen. Ich werde . . .«

»Schluss jetzt!«, unterbrach Lizzy. »Lass die Gigaplex-Techniker in Ruhe arbeiten. Sei froh, dass sie euch helfen.«

»Ich fürchte, wir brauchen künftig noch mehr Hilfe«, sagte Rebecca und seufzte, »sonst bricht hier alles zusammen.«

»Gigaplex wird sich darum kümmern«, tröstete Lizzy.
»Nein, wir, die Freaks, müssen uns darum kümmern!«, forderte Sonja leidenschaftlich. »Wenn es keine Technos mehr gäbe, müssten die Erwachsenen auch tagsüber in den Park kommen. Außerdem sind immer wieder Dummköpfe und Streitlustige unter den Parkbesuchern. Wer soll die Kids vor ihnen schützen, wenn Phantom aufgelöst wird? Mystery ist deshalb so schön, weil es hier keine Erwachsenen gibt. Das muss unbedingt so bleiben. Ich finde, das sind wir den Kids, die nach uns kommen, einfach schuldig.«
»Sicher«, murmelte Lizzy. »Aber was können wir tun?«
»Wir gründen die Schule der Freaks«, schlug Sonja vor. Als ihre Freunde sie erstaunt ansahen, erklärte sie: »Bisher haben wir nur nach Computerspezialisten gesucht. Das war ein Fehler. Ich empfehle, dass wir ab sofort alle Freiwilligen aufnehmen. Alle, ohne Ausnahme. Die geschicktesten Freiwilligen sollen Rebeccas Techno-Truppe verstärken.«
»Und die Blindgänger schicken wir zu Phantom«, ergänzte Erik. Er blinzelte seinem Freund Patrick zu. »Gleich und gleich gesellt sich gern.«
Wer nun erwartete, dass der Phantom-Chief beleidigt reagierte, irrte sich gewaltig. Nein, ganz im Gegenteil, Patrick jubelte. Er war der einzige Antitechniker unter den Freaks. Dass er trotzdem Phantom-Chief wurde, war purer Zufall. Eines Tages entdeckten ihn die Freaks, wie er einsam und verzagt durch die streng geheimen U-Bahn-Tunnels irrte. Für Sonja war es bis heute ein Rätsel,

wie dieser Tollpatsch das geschafft hatte. Ohne spezielle Magnetkarte ließen sich die Geheimtüren nicht öffnen. Sie vermutete einen Fehler in der Elektronik. Vielleicht lag es auch daran, dass Patrick so neugierig und hartnäckig war. Er musste überall seine Nase hineinstecken, besonders in Dinge, die ihn nichts angingen. Das hatte ihm auch den Spitznamen »Schnabeltier« eingebracht.

»Superidee!«, rief er. »Schickt alle Freiwilligen zu mir. Ich wollte schon immer mal Lehrer sein.«

»Und ich werde Lehrer für die neuen Technos«, sagte Atü.

»Das fehlte noch«, wehrte Rebecca erschrocken ab.

Sonjas Vorschlag wurde von allen angenommen. Patrick, Rebecca und Atü machten sich auf die Suche nach Freiwilligen. Nur die Super-User blieben in der Zentrale zurück.

»Ein schlauer Schachzug, Sonja«, lobte Lizzy. »Das Problem der Super-User ist damit allerdings nicht gelöst. Eine Schule für Hacker gibt es nicht. Dazu muss man geboren sein.«

»Überlass das nur mir«, meinte Sonja und lächelte geheimnisvoll. »Bevor ich den Park verlasse, werde ich einen neuen Super-User für Mystery auftreiben.«

»Als ob das so einfach wäre.« Lizzy seufzte. »Es wäre gut, wenn der neue Super-User in der Nähe des Parks wohnte.«

»Oh, das tut er. Da bin ich mir ziemlich sicher.«

»Du bist dir ziemlich sicher«, wiederholte Lizzy. »Das klingt so, als hättest du schon jemanden ausgewählt.«

»Schon möglich«, gab Sonja zu.
»Ist es jemand, den ich kenne?«
»So könnte man sagen, ja.«
Erik gluckste vergnügt. Er hatte längst erkannt, was seine Freundin plante. Seine Mundwinkel zuckten.
»Ich kenne seinen Namen nicht«, sagte Sonja, »aber das wird sich ändern. Das Computerspiel ist der Schlüssel. Wenn wir das Rätsel lösen, haben wir unseren Super-User.«
Jetzt endlich begriff Lizzy, worauf Sonja hinauswollte. »Ach, du meine Güte!« Erschrocken hielt sie sich die Hand vor den Mund. »Dein neuer Super-User soll der . . .?«
Sonja nickte und lächelte wieder.
»Der Datenmaulwurf!«, rief Lizzy. »Der Maulwurf als Super-User? Du willst den Bock zum Gärtner machen? Das kann nicht dein Ernst sein! Der Maulwurf ist ein Rebell, ein Regelbrecher. Er wird nie ein Freak werden. Wir haben es ihm oft genug angeboten, aber er wollte nicht.«
»Jetzt will er bestimmt«, behauptete Sonja. »In dem Rätsel hat er geschrieben, dass er uns eine letzte Chance gibt, ihn zu finden. Wir müssen diese Chance nützen. Dann wird er sich uns anschließen.«
Lizzy schüttelte den Kopf. »Nie und nimmer! Der Maulwurf will uns bloß an der Nase herumführen. Du verschwendest deine Zeit.«
»Dann verschwende ich eben meine Zeit«, sagte Sonja trotzig. Ohne Gruß verließ sie die Zentrale.
»Was willst du damit erreichen?«, rief Lizzy ihr nach.

»Als ich zum ersten Mal nach Mystery kam, war der Maulwurf schon hier. Das heißt, er muss ungefähr so alt sein wie wir. Selbst wenn du ihn findest und selbst wenn er bei uns mitmachen will, wird es nichts nützen. Die Sechzehn-Jahre-Regel gilt auch für ihn. Es ist Zeitverschwendung!«
»Sie kann dich nicht hören«, erinnerte Erik.
»Dickköpfig wie ein Büffel!«, schimpfte Lizzy. »Ich werde aus Sonja nicht mehr schlau. Die Idee mit dem Maulwurf ist nicht durchdacht, unlogisch und völliger Schwachsinn. Das passt nicht zu ihr. Immer, wenn es um den Maulwurf geht, benimmt sich Sonja irgendwie . . . komisch.«
»Stimmt«, bestätigte Erik. »Sie wird schon zickig, wenn man den Namen nur ausspricht. Das war früher nicht so.«
»Woran kann das liegen? Verheimlicht sie uns etwas?«
Erik zuckte hilflos mit den Schultern. »Jede Menge, schätze ich. Sie war schon immer geheimnisvoll.«

Duell der Superhacker

Erik ahnte nicht, wie Recht er damit hatte. Dass sich Sonja so eigenartig benahm, hatte einen bestimmten Grund.
Seit mehr als drei Jahren trieb der Datenmaulwurf sein Verwirrspiel im Mystery-Park. Er hatte den Freaks so manches knifflige Rätsel gestellt. Obwohl der Superhacker seinen Namen geheim hielt und die Freaks bei jeder Gelegenheit neckte, liebten sie ihn.
Längst nannten sie ihn ihren Freund. Sie vertrauten ihm. Auch für das neueste Rätsel erntete er jede Menge Bewunderung.
Das machte Sonja fast rasend vor Wut. Sie steckte in einer eigenartigen Klemme, weil sie etwas wusste, worüber sie mit niemandem reden konnte, ohne dass sie sich dabei bis auf die Knochen blamierte. Nicht der echte Superhacker war hier am Werk, oh nein! Ein frecher Betrüger kopierte ihn.
Niemand wusste es besser als Sonja. Denn sie selbst war der wahre Datenmaulwurf von Mystery!
Jahrelang hatte Sonja ihre Freunde an der Nase herumgeführt. Die Freaks ahnten nichts von ihrer Doppelrolle. Sie dachten nicht im Traum daran, dass der Rebell mitten unter ihnen saß. Alles ging gut, bis plötzlich ein zweiter Superhacker auftauchte. Dagegen war eigentlich nichts einzuwenden. Doch dieser Eindringling, dieser unverschämte Betrüger, nannte sich ebenfalls »Datenmaulwurf«. Er missbrauchte Sonjas Decknamen. Das

war gegen die Hackerehre und durfte nicht ungestraft bleiben.

»He, Betrüger, melde dich bei mir. Ich will mit dir reden.«
Sonja verschickte diese Worte als verschlüsselte E-Mail. Das ging so einfach wie Briefe schreiben oder telefonieren. Man wählte eine Nummer und tippte in den Computer ein, was man mitteilen wollte. Sonja musste ihren Laptop nicht einmal an ein Telefonkabel anschließen, denn er war mit einer Infrarotschnittstelle ausgerüstet. Unsichtbare Lichtstrahlen verließen den Computer. Die Strahlen wurden von einem Gerät an der Wand empfangen und weitergeleitet. Die Botschaft raste durch das Datennetz von Mystery und landete, als geheimnisvolle Zahlenkolonne, am Zielort.
Jeden einzelnen Computer des Parks wählte Sonja an. Natürlich tippte sie nicht hunderte Telefonnummern ein. Das wäre zu mühsam gewesen. Ein Computerprogramm nahm ihr die Arbeit ab. Danach konnte sie nur noch warten. Minuten verstrichen, niemand antwortete. Sonjas Botschaft kam zwar überall an, doch sie blieb meist unbemerkt. Es saßen nicht viele Parkbesucher vor den Bildschirmen.
Na klar, dachte Sonja traurig. Fast alle Terminals sind im Untergrund versteckt. Außer den Freaks weiß niemand davon und die Freaks werden immer weniger. Der Datenhighway von Mystery ist verlassen, alles tot.
Das stimmte nicht ganz. In der Hauptzentrale diskutierten Erik und Lizzy über die geheimnisvolle Botschaft.

»Was hältst du davon?«, fragte Lizzy, die mit der Zahlenkolonne nichts anzufangen wusste.
»Wahrscheinlich Datenschrott«, vermutete Erik. »Es könnte aber auch eine verschlüsselte Nachricht sein.«
»Seltsam«, murmelte Lizzy. »Ich kann nicht feststellen, wer das abgeschickt hat. Der Absender hat seine Adresse gelöscht. Was soll ich tun? Es entschlüsseln?«
»Kipp es auf den Müll«, riet Erik. »Wir haben keine Zeit für Hackerspielchen. Oder noch besser: Kopiere es in Sonjas Directory. Soll sie sich darum kümmern, wenn sie Lust hat.«
Gleich darauf bekam Sonja ihre eigene Botschaft zurück. Sie las Lizzys Sendeadresse ab und kicherte. »Recht so, Freunde. Kippt den Müll immer fleißig bei mir ab.«
Sie lehnte sich zurück und wartete. Endlich wurde ihre Geduld belohnt. Auf dem Bildschirm erschien die Frage:
»Hallo, Angeberin. Was willst du von mir? Ist dir mein Rätsel zu kompliziert?«
Sonja grinste, nachdem sie den Absender überprüft hatte. Auch der Maulwurf hatte seine Sendeadresse gelöscht. Jetzt wussten sie beide nicht, wo der andere steckte.
»Okay, du Superhacker«, murmelte sie. »Mal sehen, wie schlau du bist.«
Sie lehnte sich zurück und beobachtete den Schirm. Nach wenigen Sekunden wurde die Botschaft wiederholt: **»Hallo, Angeberin. Was willst du von mir? Ist dir mein Rätsel zu kompliziert?« . . . »Hallo, Angeberin. Was willst du von mir? Ist dir mein Rätsel zu kompliziert?« . . . »Hallo, Angeberin. Was . . .«**

Achtzehn gleich lautende Botschaften wurden wie ein Echo kurz hintereinander gemeldet. Es folgte eine lange Pause. Sonja sah auf die Uhr und beobachtete den Sekundenzeiger. Genau hundertdreißig Sekunden. Dann begann das Spiel von neuem. Diesmal waren es zweiundzwanzig Wiederholungen. Da lachte Sonja, denn sie hatte den Trick ihres Gegners durchschaut.

Genau wie Sonja verschickte der Maulwurf seine Botschaft blind, an alle Computer im Park. Nur so konnte er mit ihr in Verbindung treten. Er wollte aber nicht nur E-Mails mit Sonja austauschen. Er wollte ihren Standort aufspüren. So konnte er ihr beweisen, dass er der bessere Hacker war. Und wie Sonja erwartet hatte, benützte er dazu die »Halbierungstaktik«. Dieser Trick ist gar nicht so kompliziert: Man sendet seine Nachrichten nur an die

Hälfte aller Computeradressen. Wenn man Glück hat, antwortet der Partner sofort. Dann weiß man zwar immer noch nicht, wo er sich befindet, aber die Anzahl der möglichen Adressen hat sich schon halbiert. Hat man Pech, dann muss man die Nachricht eben noch mal schicken, diesmal an alle restlichen Adressen. Wenn die Antwort da ist, wiederholt sich das Spiel. Man schickt eine Nachricht an die Hälfte der übrig gebliebenen Nummern und wartet.

Je nachdem, wie schnell der andere antwortet, erkennt man, ob sich der Gesuchte in der einen oder in der anderen Hälfte des Nummernkreises befindet. Antwortet er sofort, schickt man eine neue Nachricht. Antwortet er nicht, sendet man die letzte Nachricht an die Restadressen. Nach jedem Anruf halbiert sich die Anzahl der möglichen Adressen. Auf diese Weise wird der Gesprächspartner immer enger eingekreist. Am Ende bleibt nur noch eine Adresse übrig und man weiß genau, wo er sitzt.

Der Maulwurf konnte natürlich nicht ahnen, dass Sonja vierzig Adressen gleichzeitig in ihren Computer programmiert hatte. Der Laptop funktionierte wie ein Büro, in dem vierzig Telefone stehen. Die Botschaften kamen achtzehnmal und zweiundzwanzigmal bei Sonja an. Macht zusammen vierzig. Auf diese Weise hatte er sich verraten.

Du willst mich finden?, dachte Sonja. Gut, ich habe nichts dagegen. Ich möchte, dass du mir so viele E-Mails wie möglich schickst. Sie kicherte vergnügt. Bestimmt dachte

der Maulwurf genau dasselbe: Hoffentlich schickt mir Sonja viele, viele E-Mails.
Der Trick funktioniert nämlich nur dann, wenn der Partner eine gewisse Anzahl Botschaften sendet. Sonja rieb sich die Hände. Alles lief so, wie sie es wollte. Der Maulwurf hatte ihren Köder geschluckt. Nun war es Zeit, dass sie ihre vorbereitete Falle zuschnappen ließ.
Vier Fragen waren es, die sie zeitgleich abschickte. Sie hatte stundenlang daran getüftelt.
Frage eins lautete: **»Hast du nichts Besseres zu tun, als uns zu ärgern?«**
Frage zwei: **»Warum sollte uns dein Rätsel interessieren?«**
Frage drei: **»Ist das Drachenspiel denn so wichtig?«**
Frage vier: **»Hast du alle Spiele-Levels gelöst?«**
Sonjas Trick war dem des Maulwurfs sehr ähnlich. Aber ihre Taktik war feiner und hinterhältiger. Zweihundertachtzig Computeradressen kannte sie in Mystery. Und die teilte sie durch vier. An siebzig Adressen schickte sie die erste Frage. Die zweite Frage an siebzig andere und so weiter.
Eine halbe Minute später kam die Antwort: **»Das Rätsel sollte die Freaks sogar sehr interessieren, denn ihr könnt viel dabei gewinnen.«**
Das war eindeutig eine Antwort auf Frage zwei. Alle anderen Fragen beachtete der Maulwurf nicht.
Sonja jubelte. Sie öffnete rasch ein zweites Window auf ihrem Laptop.
Dort erschien eine Landkarte des Mystery-Parks. Zweihundertachtzig rote Punkte leuchteten darauf. Jeder

Punkt zeigte den Standort eines Computerterminals an.

Ihre Finger huschten über die Tastatur.

»Programm MAULWURFSFALLE aktivieren«, tippte sie.

»MAULWURFSFALLE, Phase eins gestartet«, meldete der Computer. **»Auf welche Frage des ersten Datenblocks hat die gesuchte Person geantwortet?«**

Sonja klickte mit der Maus **»Frage 2«** an.

»Die gesuchte Person befindet sich im Quadrat drei.«

Auf der Computerlandkarte erloschen drei Viertel aller roten Punkte. Alle, die noch leuchteten, waren im nördlichen Westende* und im Inselmeer* zu finden. Zu diesen Adressen hatte Sonja Frage zwei geschickt.

Sofort machte sie sich auf den Weg. Sie öffnete eine Geheimtür zu den U-Bahn-Tunnels. Im Laufen tippte sie das nächste Fragenpaket ein. Es war gar nicht so einfach, sich passende Fragen auszudenken. Der Maulwurf war schlau. Er konnte ebenfalls mehrere E-Mail-Adressen programmiert haben. Dann würden, im schlechtesten Fall, alle vier Fragen ankommen. Wenn Sonjas Fragen zusammen keinen Sinn ergaben, würde ihr Gegenspieler misstrauisch werden. Außerdem mussten alle Einzelfragen zu der letzten Antwort des Maulwurfs passen.

Frage eins: **»Was können wir gewinnen?«**

Frage zwei: **»Das Foto auf Level zwei ist eine Satellitenaufnahme von Mystery-Park. Müssen wir die Lösung auf dem Foto suchen oder im Park selbst?«**

---

* Siehe Seite 6: Die Geografie von Mystery-World

Frage drei: **»Wenn wir gewinnen, schließt du dich dann den Freaks an?«**

Frage vier: **»Wer weiß, ob du uns nicht an der Nase herumführst. Wie willst du beweisen, dass du es ernst meinst?«**

Sonja drückte die Ruftaste der U-Bahn. Sie hatte Glück. Es dauerte keine zwei Minuten, bis ein Zug vor ihr anhielt. In der Zwischenzeit überprüfte sie, wie oft die letzte Meldung des Maulwurfs bei ihr angekommen war. Neunmal und dreizehnmal, stellte sie fest. Auch ihr Gegenspieler begann damit, sie einzukreisen. Da kam schon die nächste E-Mail: **»Bettelst du bereits um Hilfe? Das dachte ich mir! Gut, ich will mal nicht so sein. Das Foto war bloß ein Hinweis auf den Park. In der wirklichen Welt müsst ihr suchen, nicht in der virtuellen Welt, vorerst wenigstens.«**

Sonja klickte wieder **»Frage 2«** im Suchprogramm an.

»Die gesuchte Person befindet sich im Quadrat acht bis zwölf Nord und vier bis acht West«, wurde sie informiert.

»Anzahl der verbleibenden möglichen Ziele: siebzehn.«

Wieder erloschen drei Viertel aller Punkte auf der Karte.

Sonja nickte. Sie sprang in den ersten Waggon und gab den Zielort »Inselmeer« in den Steuerungscomputer der U-Bahn ein. Gehorsam setzte sich der Zug in Bewegung.

Die Nachricht des Maulwurfs wurde sechsmal und siebenmal wiederholt. Seine Trefferquote erhöhte sich rapide.

Sonja wusste, dass es jetzt ein Wettrennen war, ein Duell zwischen Hackern. Sie überlegte, ob die nächsten vier

Fragen noch zueinander passen mussten. Bisher hatte der Maulwurf immer nur auf eine einzige Frage geantwortet. Es war also unwahrscheinlich, dass er mehrere E-Mail-Adressen benutzte. Die sparsamen Antworten konnten aber auch ein besonders raffinierter Trick sein. Sonja entschied sich für den mühevolleren Weg. Es wäre zu ärgerlich, wenn sie die Beute im letzten Moment noch entwischen ließe.

Frage eins: **»Im Rätsel steht, dass wir der Spur von Hase und Igel folgen sollen. Ist das symbolisch gemeint oder gibt es Hase und Igel wirklich?«**

Frage zwei: **»Sind Hase und Igel Tiere oder nicht?«**

Frage drei: **»Dein Rätsel ist nicht gerade fair, finde ich. Wer soll sich da auskennen?«**

Frage vier: **»Willst du mich verulken oder was?«**

Die Antwort kam schneller als erwartet.

»Das müsst ihr selbst herausfinden!«

Sonja stöhnte. Damit hatte sie nicht gerechnet. Zögernd bewegte sie den Mauscursor zwischen den Eingabefeldern **»Frage 1«** und **»Frage 2«** hin und her. Sogar Frage 4 war möglich, wenn auch nicht wahrscheinlich. Die U-Bahn raste weiter in Richtung Inselmeer. Die Anzahl der Wiederholungen reduzierte sich auf drei und vier. Sonja wischte sich den Schweiß von der Stirn. Sie entschied sich für Frage 1.

»Die gesuchte Person befindet sich im Suchquadrat zehn bis zwölf Nord und fünf bis sieben West«, meldete das Programm. **»Anzahl der verbleibenden möglichen Ziele: vier.«**

Vier Punkte leuchteten auf der Karte. Sie waren auf drei

Miniinseln verteilt. Nur zwei der Inseln waren an das U-Bahn-Netz angeschlossen.
Könnte immer noch klappen, dachte Sonja. Was ich jetzt brauche, ist Glück, ein wenig Glück. Sie tippte die nächsten Fragen ein.
Frage eins: **»Ich dachte, du wolltest mir helfen. Nennst du das Hilfe?«**
Frage zwei: **»Könnte es sein, dass du selbst nicht weißt, was du willst?«**
Frage drei: **»Wenn du so weitermachst, pfeifen wir auf deine Hilfe! Oder meinst du es gar nicht böse?«**
Frage vier: **»Langsam reicht mir dein Spielchen. Du musst dich entscheiden. Willst du bei uns mitmachen oder nicht?«**
Die beiden letzten Fragen passten nicht besonders gut zusammen, aber Sonja fiel in der kurzen Zeit nichts Besseres ein. Wenn wirklich alle vier Fragen bei dem Maulwurf ankamen, könnte er eventuell misstrauisch werden. Sonja glaubte aber nicht daran. Der Zug erreichte die Insel Midway*. Hier befand sich der Zentralbahnhof von Inselmeer.
Sie musste sich nun entscheiden, welche Richtung sie einschlagen wollte. Am liebsten hätte sie auf der Stelle den neuen Kurs programmiert, einfach auf gut Glück.
Cool bleiben, dachte sie, ganz ruhig. Ich habe ihn fast. Los, komm schon, antworte!
Wenn jetzt keine Antwort kam, hatte sie vorhin das falsche Fragefeld angeklickt.

---

* Siehe Seite 6: Die Geografie von Mystery-World

»Warum bist du so unfreundlich?«, erschien die Nachricht des Maulwurfs. **»Ich bin ein Freund der Freaks. Ich war es immer. Aber ihr müsst mich fangen, bevor ich bei euch mitmache. Haltet euch an die Regeln.«**
Sonja stieß einen Jubelschrei aus und klickte **»Frage 4«,** an.
»Ziel erfasst! Die gesuchte Person befindet sich an den Koordinaten zehn Komma fünf Nord und sechs Komma vier West!«
Nur noch ein roter Punkt leuchtete auf der Karte, und zwar genau hier, auf Midway.
Volltreffer!, dachte Sonja. Der Maulwurf muss in der U-Bahn-Verteilerzentrale sitzen. Sie verlor keine Zeit, sprang aus dem Waggon und rannte los.
Die Zentrale sah aus wie ein großer Glaszylinder, voll gestopft mit Bildschirmen und Elektronik. Sonja konnte nicht hinein, denn die Tür war verriegelt. Aber durch die Glasscheiben sah sie zum ersten Mal den Datenmaulwurf.
Das Mädchen war klein, ziemlich rundlich und bestimmt nicht älter als dreizehn. Erst als Sonja an der Tür rüttelte, wurde es aufmerksam. Keine zwei Meter voneinander entfernt, nur durch eine Glasscheibe getrennt, blickten sich die beiden Superhacker an.
Sonja sah in zwei große, vor Schreck weit aufgerissene Augen. Bevor sie ein Wort sagen konnte, sprang das Mädchen auf und flüchtete durch die Hintertür.
»Bleib stehen!«, rief Sonja. »Das Spiel ist aus.«
Das Mädchen reagierte nicht. Sonja musste lächeln. Es

sah komisch aus, wie die Kleine auf ihren dicken Beinchen davonhastete. Sie gab nicht auf, obwohl ihr klar sein musste, dass sie der flinken, schlanken Verfolgerin nicht entkommen konnte. Das lange Haar hatte sie zu einem Pferdeschwanz gebunden. Wie eine Fahne wehte es über ihren Rücken, goldblond und wunderschön.
Sie sieht lieb aus, dachte Sonja. Und sie ist genauso hartnäckig wie ich. Vielleicht können wir Freundinnen werden.
Ohne Hast legte sie den Laptop ab und überprüfte die Schnürsenkel ihrer Turnschuhe. Kein Freak kannte die U-Bahn so gut wie Sonja. Sie wusste, es gab hier kaum Fluchtmöglichkeiten. Erst als der blonde Haarschopf in einem Seitentunnel verschwand, nahm sie die Verfolgung auf. Sie joggte gemütlich durch den Tunnel, bis sie eine Treppe erreichte. Die Stufen führten unter den Schienen durch zu Bahnsteig zwei. Von dort konnte man höchstens noch zur Oberfläche der Insel flüchten. Die Insel war winzig. Es gab dort keine Verstecke und ganz bestimmt war das Mädchen nicht mit dem Boot, sondern mit der U-Bahn nach Midway gekommen. Sackgasse!
Als Sonja aber am Bahnsteig ankam, traute sie ihren Augen nicht. Das Mädchen stand auf der anderen Seite des Geleisegrabens und winkte ihr zu. Wie, um alles in der Welt, war sie dorthin gelangt?
Der Graben war eineinhalb Meter tief. Man musste schon sehr sportlich sein, um dieses Hindernis zu überwinden. Außerdem war das Überqueren der Schienen lebensgefährlich und streng verboten.

Nur einen kurzen Moment dachte Sonja nach, dann wählte sie ebenfalls den verbotenen Weg. Auf keinen Fall durfte sie das Mädchen aus den Augen verlieren.
Leichter gesagt als getan. Schon der Sprung in den Graben war eine Mutprobe. Flink wie ein Hase überquerte Sonja die Schienen. Sie stoppte nicht vor der Grabenwand, sondern nützte den Anlauf zum Absprung. Es gelang ihr, ein Bein über den Rand zu schwingen. Keu-

chend zog sie ihren Körper nach. Dabei musste sie die Leistung ihrer Gegenspielerin bewundern. Offenbar hatte sie das fremde Mädchen gewaltig unterschätzt. Soeben verschwand es wieder in einem Nebentunnel. Vorher blieb es noch kurz stehen und zeigte Sonja eine lange Nase.

Na warte, du!, dachte Sonja. Jetzt gibt es keine Gnade mehr. Ja, es war endgültig aus mit der Gemütlichkeit. Sonja galt als ausgezeichnete Sprinterin. Von allen Freaks konnte es nur Lizzy, die Wildkatze, mit ihr aufnehmen. Mit wenigen Sprüngen erreichte sie den Seitentunnel. Am Tunnelende war wieder eine Treppe. Sonja sprintete darauf zu, doch da fiel etwas von oben herab, direkt vor ihre Füße. Sie stoppte, stolperte und überschlug sich fast dabei. Verwirrt griff sie nach dem Glitzerding am Boden. Eine Haarspange?

Ein kurzer Blick nach oben löste das Rätsel. Das Mädchen stand auf einem Stahlbalkon und lachte. Es musste flink wie ein Affe die Notleiter hochgeklettert sein.

Sonja lief ebenfalls zur Leiter und zog sich die Sprossen hoch. Dazu brauchte sie erstaunlich lange, viel länger, als das rundliche Mädchen Zeit gehabt hatte. Wie war das möglich? War sie etwa außer Form?

Als sie endlich oben ankam, hatte sie das Mädchen aus den Augen verloren. Zwei Türen gab es hier. Durch welche war die Kleine geflüchtet? Unschlüssig sah sich Sonja um.

Da fiel ihr Blick zufällig auf die andere Seite des Schienengrabens. Unglaublich!

Dort saß Miss Pferdeschwanz auf dem Balkongeländer und ließ die Beine baumeln. Konnte sie tatsächlich über den Graben gesprungen sein?
Möglich wäre es, überlegte Sonja. Die Sicherheitsgitter an den Balkonen reichten weit genug hinaus. Sie kniff die Augen zusammen und schätzte die Entfernung. »Mindestens drei Meter. Es wäre gerade noch zu schaffen, aber . . .«
Niemand in Mystery hatte je solche Kletterkunststücke gewagt wie Sonja, das Eichhörnchen.* Doch nicht einmal sie riskierte diesen halsbrecherischen Sprung.
»Du verrücktes Huhn!«, rief sie, während sie eilig die Leiter hinunterkletterte. »Du bist übergeschnappt!«
Sie nahm sich vor der Fremden gehörig die Meinung zu sagen. Aber dazu musste sie sie erst erwischen. Natürlich kam Sonja wieder zu spät. Gerade, als sie die andere Grabenseite erreichte, schloss sich die Tür zur Liftkabine. Der Lift führte zur Oberfläche der Insel.
»Ha! Jetzt entkommst du mir nicht mehr!«
Sonja hetzte hinterher, die Nottreppe hinauf. Immer rund um die Liftsäule wand sich die Treppe. Vielleicht konnte sie ihre Gegenspielerin schon beim Aussteigen abfangen?
Oben angekommen, heulte sie fast vor Enttäuschung. Die Tür stand offen und die Kabine war leer. Erschöpft lehnte sich Sonja an die Wand. Sie keuchte und fühlte heftiges Seitenstechen. Ihr Herz raste.

---

* Siehe »Generation Future – Abenteuer im Mystery-Park«

So schnell, dachte sie völlig verwirrt. Dieses Mädchen ist schnell wie der Blitz! Dabei sieht sie so unsportlich aus. Ich glaub, ich spinne!
Die Geheimtür zur Inseloberfläche ließ sich leicht öffnen. Draußen regnete es. Geduckt huschte Sonja hinaus. Es konnte nicht schwer sein, das Mädchen hier zu finden. Außer ein paar Sträuchern gab es keine Deckung. Sonja kauerte sich nieder und beobachtete. Sie beobachtete die Sträucher, das Gras und den Sand. Nichts!
Irgendetwas stimmte nicht. Sie sog Luft durch die Nase und schnupperte wie ein Fährtenhund. Sonjas Geruchssinn war sehr gut entwickelt. Das war nicht außergewöhnlich bei gehörlosen Menschen. So entging es ihr nicht, dass hier vor kurzem noch ein Feuer gebrannt hatte. Sie sah aber keine Feuerstelle. Makellos und unberührt lag der Sandstrand vor ihr. Vielleicht war die Holzkohle mit Sand abgedeckt?
»Oh nein, ich dumme Gans!« Sonja schlug sich an die Stirn.
Der Sand war unberührt? Das war es, was nicht stimmte! Es gab keine Fußspuren auf dem regennassen Sand außer ihren eigenen. Das bedeutete . . .
»Nein, bitte nicht!« Sie lief zurück durch die Geheimtür und hetzte die Treppe hinunter. Am Bahnsteig angekommen, sah sie gerade noch die Rücklichter eines abfahrenden Zuges.
Schon wieder ausgetrickst, dachte sie. Das ist wirklich nicht mein Glückstag.
Ihre Gegenspielerin hatte die leere Liftkabine nach oben

geschickt. Während Sonja der falschen Spur folgte, konnte sie in aller Ruhe mit der U-Bahn abhauen.
Ich bin selbst schuld, dachte Sonja. Den ersten Fehler machte ich schon, gleich nachdem ich aus dem Waggon stieg. Ich hätte den Zug sofort wieder wegschicken sollen.
Doch es sollte nicht die letzte böse Überraschung der misslungenen Maulwurfsjagd sein. Als Sonja ihren Laptop wieder aufnahm, fand sie darin eine Botschaft. Die Nachricht war nicht über E-Mail gekommen. Miss Pferdeschwanz war sogar cool genug gewesen sie per Hand einzutippen. Sie hatte sich Zeit gelassen und war erst im letzten Augenblick in den Zug gesprungen.
»Guter Versuch«, stand da zu lesen. **»Du bist besser, als ich dachte. Zur Strafe für deine Heimtücke werde ich dir nicht mehr helfen, solange du nicht das Rätsel des Drachenspiels löst. Versagst du dabei, wirst du mich niemals finden.**
Wenn du es aber schaffst, werden wir uns auf Level drei treffen. Dann können wir gemeinsam versuchen, was einem Einzelnen nie gelingen kann: die Eroberung von Twilight*, dem virtuellen Universum. Streng dich an, Sonja. Ich zähle auf dich!«
Und darunter, in kleinerer Schrift:
»Danke für den netten Frühsport. An deiner Stelle würde ich ein wenig mehr trainieren.«
Sonja musste lachen.
»Das muss ich mir ausgerechnet von diesem kleinen Pummelchen sagen lassen?«

---

* Twilight: englisch = Zwielicht, Dämmerlicht

Den Rest des Tages verbrachte sie auf Midway. Auf dieser abgelegenen Insel, mitten im Stausee, lag sie am Strand und dachte nach. Wieder und wieder las sie die letzten Zeilen des Datenmaulwurfs. Bisher war sie sich nicht sicher gewesen, ob es überhaupt lohnte, das Drachenspiel ernst zu nehmen. Doch das Stichwort »Twilight« änderte alles. Nicht zum ersten Mal hörte sie davon.

Ihr letztes großes Abenteuer war noch keine drei Wochen her. Die Freaks kämpften damals gemeinsam mit Gigaplex um den Fortbestand des Mystery-Parks. Nach dem schlimmen Unfall eines Jugendlichen überprüften vier erwachsene Kommissare alle Sicherheitsanlagen. Ein Kommissar entpuppte sich als Spion. Er wollte ein supermodernes Computersystem von Gigaplex stehlen und beinahe wäre es ihm gelungen.* Auf der Jagd nach dem Spion hatte sich Sonja mit Markus Stiebinger verbündet, dem mächtigen Marketing-Manager von Gigaplex-Germany.

Stiebinger musste dabei Wege gehen, die so geheim waren, dass nicht einmal Sonja Superhacker je darauf gestoßen war. Auch die Freaks ahnten nicht, dass noch eine zweite Kellerebene unter den U-Bahn-Tunnels existierte.

Sonja kaute an ihrer Unterlippe. Stiebinger hatte die Passwörter »Twilight«, »Maulwurfsweiche« und »Virtualwelt« für den Eintritt in das unterirdische Reich benutzt. Natürlich hatte er die Sicherheitscodes bei erster Gele-

---

* Siehe »Generation-Future – Mystery-Park in Gefahr«

genheit wieder geändert. Sosehr Sonja auch forschte, sie fand keine Spur mehr von dem geheimen Eingang. »Maulwurfsweiche« und »Twilight« wurden aus dem Datenhighway gelöscht. Dafür wurde Sonja unter dem Suchbegriff »Virtualwelt« fündig, entdeckte den VR-Raum und das Drachenspiel. Doch offenbar war sie nicht die Einzige, die sich dafür interessierte. Miss Pferdeschwanz musste vor ihr darauf gestoßen sein. Sie war den Freaks einen Schritt voraus und konnte so die Spielregeln bestimmen. Alle, die ihr folgen wollten, mussten sich daran halten, sogar Sonja Superhacker.

Auch wenn es Sonja nicht passte, sie hatte keine andere Wahl. Die Freaks brauchten einen neuen Super-User. Niemand war besser dazu geeignet als ihre Gegenspielerin. Und der einzige Weg zu ihr führte über das Drachenspiel.

Die Schule der Freaks

Achtung, diese Nachricht ist nur für Verrückte bestimmt!«, stand an allen Eingangstoren des Mystery-Parks zu lesen.
»Seid ihr verrückt genug, in den Ferien zu arbeiten, und das ohne Bezahlung?
Wollt ihr euch mit öligen Maschinen, verstopften Kanalrohren, Computerviren und überhaupt mit jedem Mist, der an euch herangetragen wird, herumschlagen?
Wollt ihr helfen, dass der Park friedlich bleibt?
Wollt ihr euch als Schiedsrichter zwischen Streitende stellen und dabei von beiden Seiten beschimpft werden?
Kurz gefragt: Seid ihr beknackt genug, um bei den Freaks mitzumachen? Wenn ja, dann kommt bitte am Montag, dem 25. Juli, bis spätestens acht Uhr ins Verwaltungsgebäude Ostende. Meine Freunde und ich heißen euch herzlich willkommen.
Lizzy Wildkatze, FSU* von Mystery-Park«
Als Erik eines dieser Flugblätter las, riss er es wütend ab und stapfte damit zur Zentrale. Dort zeigte er es Lizzy.
»Sag mal, bist du noch zu retten? Was für ein bescheuerter Text! Warum hast du mich nicht gefragt, bevor du das verteilt hast?«
»Wie man's macht, ist es verkehrt«, murmelte Lizzy beleidigt. »Ich wollte nur ehrlich sein. Jetzt kommen sicher nur die, die wirklich arbeiten wollen.«

---

* FSU: Abkürzung für First-Super-User = oberste(r) Anführer(in) der Freaks

»Niemand wird kommen«, behauptete Erik. »Unbezahlte Arbeit in den Ferien? Du solltest die Kids doch anlocken, nicht abschrecken.«

Aber Erik irrte sich. Schon um sieben drängten sich so viele aufgeregte Mädchen und Jungs in der Hauptzentrale, dass die Freaks in die große Eingangshalle ausweichen mussten. Um Punkt acht entschuldigte sich Erik bei Lizzy und übergab ihr eine Liste. Darauf standen die Namen von zweiundvierzig Mädchen und sechsunddreißig Jungs. Sie waren bunt gemischt, im Alter von sieben bis fünfzehn.

»Alles herhören!«, forderte Lizzy. Sie musste laut schreien, um das Geplapper zu übertönen. Auf der Stelle kehrte Ruhe ein. Achtundsiebzig vor Erwartung glänzende Augenpaare richteten sich auf den First-Super-User von Mystery.

Die meisten Parkbesucher hielten Lizzy Wildkatze für die Herrscherin des Parks. Das stimmte natürlich nicht. In Wahrheit musste kein Mitglied der Generation Future*, egal, ob Freak oder nicht, einem anderen gehorchen. Die Ratschläge des FSU wurden trotzdem meist befolgt.

»Willkommen, Freunde!«, rief Lizzy. »Danke, dass ihr gekommen seid. Ich sage es lieber gleich, damit sich niemand hinterher beschwert: Das, was auf den Plakaten steht, ist kein Scherz. Der Job, den ihr freiwillig übernehmen wollt, wird nicht bezahlt. Wer nur aus Jux gekom-

* Alle, die in den Mystery-Park eintreten, gehören automatisch zu den Kids der Generation Future

men ist und nicht arbeiten will, sollte lieber gleich gehen.«

Sie wartete ein paar Sekunden. Niemand ging. Lizzy nickte zufrieden. »Stellt euch bei Erik an und gebt ihm eure Magnetkarte. Er wird die Codes umprogrammieren. Danach habt ihr Zugriff auf alle technischen Einrichtungen von Sicherheitslevel eins.* Nicht drängeln, jeder kommt dran. Bitte missbraucht eure neuen Rechte nicht. Ihr sollt für die anderen Parkbesucher da sein und nicht umgekehrt.«

»Was für Rechte sind das?«, rief ein Junge. »Dürfen wir die Elektroboote benutzen?«

Lizzy lächelte, denn auf diese Frage hatte sie gewartet. Mehrmals am Tag beschwerte sich jemand, dass die Elektroboote des Parks durch Passworte geschützt waren. Das war nicht immer so gewesen. Die Freaks hatten sich erst dazu entschlossen, seit es kaum noch Phantome gab. Die wenigen, die übrig blieben, brauchten alle Boote, um möglichst schnell jeden Punkt des Parks zu erreichen, denn nicht überall gab es U-Bahn-Haltestellen.

»Bald dürfen wieder alle Parkbesucher die Boote benutzen«, versprach Lizzy. »Wir sind jetzt so viele, dass wir uns besser verteilen können. Bevor es so weit ist, müsst ihr wissen, was ihr zu tun habt. Dazu haben wir die Schule der Freaks gegründet.«

»Schule?«, rief jemand empört. »Davon war nie die Rede. Arbeit in den Ferien ist okay, aber Schule? Ohne mich!«

---

* Sicherheitslevel: siehe Stichwortverzeichnis

Alle redeten laut durcheinander. Rufe wie »Das ist Betrug!«, »Die spinnen doch!«, »So ein Käse!«, »Ich hab's ja gleich gesagt!« wurden laut. Mehrere Kids drohten damit, sofort abzuhauen.

»Halt, wartet!«, rief Lizzy. »Es ist keine Schule, wie ihr sie kennt. Jeder soll nur das lernen, was ihn interessiert. Wollt ihr nicht wissen, wie man mit der U-Bahn fährt, wie man die Schnellboote der Phantomflotte lenkt, wie man Computer bedient oder Geheimtüren öffnet?«

Für einen Augenblick schwiegen alle verblüfft. Dann ging das Geschnatter wieder los. Vergeblich bemühte sich Lizzy die aufgeregten Möchtegernfreaks zu beruhigen.

»Na, das kann ja heiter werden«, flüsterte ihr Erik ins Ohr. »Ich wusste es. Wer sich auf dein Plakat hin meldet, muss einen Knall haben. Sieh sie dir an. Wer soll diesem wilden Haufen etwas beibringen?«

»Du natürlich«, antwortete Lizzy fröhlich. »Dann weißt du endlich, wie sich ein Lehrer fühlt, wenn er eine neue Klasse übernimmt.«

»Schrecklich!«, stöhnte Erik. »Nein, ohne mich!«

Lizzy kicherte. »Sieh nur, Patrick scheint es zu lieben.«

Ja, da stand der Chief von Phantom mitten unter der lärmenden Meute. Er schüttelte Hände, beantwortete geduldig Fragen und grinste dabei von einem Ohr zum anderen.

»Ich sagte doch, dass sie alle einen Knall haben«, flüsterte Erik zurück. »Eben darum werden sie Patrick lieben.«

Lizzy, Patrick und Rebecca sprachen einzeln mit jedem

der neuen Mitglieder, während Erik die Magnetkarten umprogrammierte. Alle mussten etwas sagen, wie sie sich ihre Arbeit bei den Freaks vorstellten und was sie am liebsten tun würden. Das war eine langweilige Sache. Manche verloren schon beim Anstellen in der Reihe die Geduld und verdufteten stillschweigend. Erstaunlich viele Kids wussten nicht, was sie wollten oder was sie sagen sollten. Lizzy bat sie alles noch einmal zu überlegen und erst wieder zu kommen, wenn sie sich ihrer Sache sicher waren.

Am Ende blieben immerhin noch siebenundfünfzig übrig, siebenundzwanzig für Techno und dreißig für Phantom.

»Uff!«, stöhnte Erik, nachdem spätabends der letzte »Aufnahmetest« abgeschlossen war. »Bis heute konnte ich nicht verstehen, warum manche Lehrer so leicht ausflippen. Jetzt ist mir einiges klar geworden. Die haben es wirklich nicht leicht. Ich bin fix und fertig.«

»Ein Glück, dass du mich hast«, tröstete Patrick. »Mir macht das nichts aus. Lehrer wäre der richtige Beruf für mich. Oberlehrer Patrick, hm, hm ... Na, wie klingt das?«

»Wie eine Drohung!«, rief Erik lachend.

»Lustig«, meinte Lizzy. »Die armen Schüler.«

»Euch Nieten hätte ich ohnehin nie in meiner Klasse aufgenommen«, murrte Patrick beleidigt. Er schnappte sich den Zettel mit der Namenliste. »So, jetzt gehe ich nach Hause und überlege mir den Stundenplan für morgen.«

Erik und Lizzy sahen sich an, dann prusteten sie los. Sie

lachten so laut, dass es Patrick durch zwei geschlossene Türen hörte.

»Das Schnabeltier als Lehrer!«, hörte er Erik rufen. »Nein, das darf nicht wahr sein. Hohoho! Hast du gehört? Stundenplan hat er gesagt, Stundenplan!«

»Hör auf, hör auf!«, bat Lizzy. »Hihihi! Mir tut schon alles weh. Ich platze gleich!«

»Na wartet!«, grollte Patrick. »Ihr werdet euch noch wundern. Ich werde ein Spezialtraining entwickeln. Eine Musterklasse mache ich aus meiner Gruppe, jawohl!«

Am nächsten Morgen trafen sich die Nachwuchsphantome am Parktor. Nicht alle waren pünktlich. Ungeduldig hakte Patrick die Namenliste ab.

Am längsten musste er auf einen Jungen namens Michael warten. »Gratuliere!«, empfing ihn Patrick wütend. »Du bist der erste neue Freak, der sich einen Spitznamen verdient hat. Ab heute heißt du Michael Siebenschläfer.«

»Von mir aus«, antwortete Michael und gähnte.

Eigentlich hätte der Name »Brummbär« besser zu ihm gepasst, denn obwohl er erst dreizehn war, wog er schon über siebzig Kilo. Seine dichten braunen Haare und die erstaunlich tiefe Stimme erinnerten an einen tollpatschigen Bären, den nichts aus der Ruhe bringen konnte.

»Morgen früh«, sagte Patrick und versuchte dabei möglichst streng auszusehen, »will ich, dass jeder pünktlich ist. Sonst geht der Unterricht ohne ihn los.«

»Oder ohne sie«, ergänzte ein Mädchen mit roten Haaren. »Wie?«, fragte Patrick verblüfft.

»Sonst geht der Unterricht ohne s-i-e los«, wiederholte sie. »Es sind nicht nur Jungs. Vergiss das bitte nicht.«
»Natürlich nicht«, beteuerte Patrick. »Bei den Freaks sind die Mädchen sogar weit in der Überzahl.«
»Stört dich das?«, fragte sie misstrauisch.
»Nein, wieso?«
»Es würde mich stören, wenn es dich stören würde. Die meisten Jungs nehmen Mädchen nicht ernst. Bei so einem Verein will ich nicht mitmachen.«
Patrick blinzelte verwirrt. Hatte er schon wieder etwas Falsches gesagt? Er musste in Zukunft besser aufpassen.
»Verrätst du mir deinen Namen?«
»Arabella-Madeleine«, antwortete sie nach kurzem Zögern. »He, Jungs!«, rief Patrick. »Habt ihr was gegen Mädchen?«
»Ich nicht! – Nein, warum? – Ich liebe Mädchen!«, kam es von allen Seiten.
Nur ein großer, schwarzhaariger Junge namens Ercan zog ein mürrisches Gesicht und sagte gar nichts. Patrick nahm sich vor ihm bei Gelegenheit auf den Zahn zu fühlen.
»Siehst du, Arabella-Madeleine, sie lieben dich.«
»Sprich diesen bescheuerten Namen nie mehr aus«, bat sie. »Es ist mir lieber, wenn du mich ›Made‹ nennst. Daran hab ich mich schon gewöhnt.«
»Made?« Patrick kratzte sich nachdenklich am Kopf. »Okay, ganz wie du willst. Wo sind wir vorhin stehen geblieben?«
»Wir haben noch gar nicht angefangen«, half jemand aus.

»Ach ja.« Patrick kramte seinen zerknüllten Spickzettel aus der Tasche.
»Wir beginnen erst mal mit Theorie«, kündigte er an. »Die oberste Pflicht eines Phantoms ist es, darauf zu achten, dass die sieben Parkgesetze eingehalten werden. Ich habe die Regeln für euch kopiert. Ihr könnt sie euch in der Verwaltung abholen. Lernt alles auswendig und . . .«
»Bitte, was heißt Theo . . . Theor . . .?«
»Theorie«, ergänzte ein älteres Mädchen. Patrick vermutete, dass es die Schwester des Kleinen war. »Er will wissen, was das Wort ›Theorie‹ bedeutet.«
Patrick nickte. »Das ist ganz einfach. Theorie heißt so viel wie ›nicht wirklich‹ oder . . . ich meine, es leitet sich von dem Wort ›theoretisch‹ ab, und das ist das Gegenteil von ›praktisch‹, was wiederum bedeutet, äh . . . Lass dir das von deiner Schwester erklären. Wo sind wir stehen geblieben?« Verlegen blätterte er die Liste mit den Parkregeln durch.
»Wann beginnt die große Pause?«, fragte jemand.
»Was?« Patrick sah erschrocken auf die Uhr. Er atmete erleichtert auf. Der Unterricht dauerte erst ein paar Minuten.
»Ich hab Hunger«, sagte Michael. »Kann ich was essen?«
»Klar«, antwortete Patrick. »Warum fragst du? Wir sind hier nicht in der Schule.«
Michael setzte sich ins Gras und öffnete seinen Rucksack. Zuerst breitete er ein großes weißes Tuch aus. Darauf legte er alle seine Schätze: Brot, Wurst, Käse, hart gekochte

Eier, Äpfel. Patrick versuchte ihn zu ignorieren. Tapfer las er alle sieben Regeln vor. Dabei geriet er mehrmals ins Stottern, denn auch andere folgten Michaels Beispiel und kramten ihren Proviant hervor. Zuerst begannen leise geflüsterte Unterhaltungen, dann wurde es immer lauter. Schließlich ging Patricks Stimme beinahe unter in dem allgemeinen fröhlichen Geplauder. Und weil er plötzlich selbst einen Riesenhunger spürte, schloss er sich der Frühstücksrunde an.
Satt und zufrieden legte er sich dann ins Gras. Irgendwann fielen ihm die Augen zu.

»Na, Schnabeltier«, fragte jemand, »wie läuft's denn so?«
Das war Eriks Stimme. Patrick gähnte und blinzelte gegen die hoch stehende Sonne. Es war beinahe Mittag.
»Was übt ihr gerade?«, fragte Erik spöttisch. »Sieht nicht sehr anstrengend aus, dein Trainingsprogramm.«
»Man darf seine Schüler nicht überfordern«, erklärte Patrick. »Und jetzt lass mich in Ruhe meine Arbeit machen. Du störst den Unterricht.«
»Meine Güte, das will ich auf keinen Fall«, beteuerte Erik. »Ich sehe ja, dass du hart arbeitest. Also tschüss, bis dann.« Kichernd spazierte er davon.
Patrick wartete, bis sein Freund außer Hörweite war. Dann klatschte er in die Hände. »Okay, genug gefaulenzt. Jetzt ist erst mal ein wenig Action angesagt!«
»Wie?«, brummte Michael. Er rieb sich verschlafen die Augen. »Ist etwa schon Zeit fürs Mittagessen?« Er sah auf die Uhr, schüttelte bedauernd den Kopf und rollte sich

zur Seite. Offenbar wollte der Kerl den ganzen Tag verpennen.
Patrick beugte sich zu ihm hinab und flüsterte ihm ins Ohr: »Siebenschläfer.«
»Wer stört?«, grunzte Michael.
»Ich bin es, lieber Siebenschläfer«, flüsterte Patrick. »Und ich sagte . . .« Er holte tief Luft und brüllte, so laut er konnte, in Michaels Ohr: »Aaaction!«
Es war erstaunlich, wie schnell der dicke Brummbär auf die Beine sprang.
»Ich zeige euch nun das Phantomhauptquartier«, erklärte Patrick. »Es ist nicht weit, bloß zwei oder drei Kilometer. Damit ihr aufwacht, werden wir bis dort hinlaufen.«
»Laufen?«, wiederholte Michael entsetzt.
»Ein Phantom sollte stets gut in Form sein«, belehrte ihn Patrick. Er wartete nicht auf weitere Proteste, sondern sprintete los. Es war ihm egal, ob ihm jemand folgte oder nicht. Er war wütend und wollte sich nicht länger an der Nase herumführen lassen.
Nach den ersten hundert Metern besann er sich aber, stoppte und drehte sich um. Zu seiner Verwunderung hatten sich alle in Trab gesetzt, sogar Michael. Patrick wusste nicht, ob er sich darüber freuen sollte. Am liebsten hätte er den Dicken einfach zurückgelassen.
»Was ist? Warum läufst du nicht weiter?«, fragte Ercan. Er als Einziger war Patrick dicht auf den Fersen geblieben.
»Du siehst doch, dass Michael nicht so schnell kann.«

»Na und? Er hält uns ohnehin nur auf. Ich habe das öde Herumhängen satt.«

»Wir warten«, entschied Patrick.

Das Phantomhauptquartier lag auf einer Insel, direkt an einem Seitenarm des Weidenflusses. Das Wasser floss dort sehr träge und wurde im Sommer von Seerosenblättern überwuchert. Am Ufer stoppte Patrick.

»Da drüben liegt unser Ziel«, erklärte er. »Keine Brücke führt zur Insel, nur zwei dünne Seile. Schafft ihr das?«

»Kleinigkeit«, versicherte Ercan. Selbstbewusst trat er auf ein Seil und benützte das zweite, um sich mit den Händen abzusichern. So balancierte er geschickt über das Wasser. Es sah kinderleicht aus.

»Nicht schlecht«, lobte Patrick. »Siebenschläfer, du bist der Nächste.«

Der dicke Michael schwitzte noch vom Laufen und sein Gesicht glänzte rot wie ein polierter Apfel. Trotzdem fasste er tapfer nach dem Seil. Zu Patricks Verwunderung kam er flott voran. Doch das Seil, das Ercan leicht getragen hatte, dehnte sich mehr und mehr. Als sich Michael der Kanalmitte näherte, berührte das untere Seil die Wasseroberfläche. Unschlüssig blieb er stehen.

»Geh weiter!«, forderte Patrick ihn auf. »Du bist schon in der Mitte. Tiefer wirst du nicht sinken. Gleich hast du es geschafft.«

Michael schüttelte nur stumm den Kopf. Er klammerte sich an das Seil und rührte sich keinen Millimeter weiter.

»Er hat Angst«, stellte Arabella-Madeleine fest. »Wir müssen ihn retten.«

Sie schwang sich auf das Seil und zehn andere folgten ihr. »Nicht alle auf einmal!«, warnte Ercan vom anderen Ufer. Niemand hörte auf ihn. »He, Chief, pfeif sie zurück!«
Patrick nagte an seiner Unterlippe.
Ausgerechnet jetzt näherte sich dieser Lästikus Erik. Wahrscheinlich wollte er wieder einen seiner ätzenden Sprüche loswerden.
»Hallo, Kumpel, kommst du gut voran?«
»Danke, es geht so.«
Gemeinsam beobachteten sie die Nachwuchsphantome, wie sie sich an die überlasteten Seile klammerten und tollpatschig herumturnten. Michael hing bereits bis zum Bauch im Wasser. Die Menschentraube glich einer Horde wild gewordener Affen.
»Was steht gerade auf dem Stundenplan?«, fragte Erik. »Wie überquere ich einen Fluss?«
»Ja, so ähnlich«, antwortete Patrick. »Ein Phantom muss jeden Tatort in der Wildnis erreichen können.«
»Pass auf!«, warnte Erik und zog seinen Freund in Deckung.
Der junge Baum, an dem die Seile festgebunden waren, neigte sich bedenklich. Im sandigen Uferboden fanden die Wurzeln nicht genug Halt für diese Überbelastung. Ganz langsam, wie in Zeitlupe kippte der Baum um – zum Glück nicht vollständig. Er verkeilte sich in den Ästen einer nebenstehenden Weide. Die Kids versanken im Wasser und kreischten. Einige schrien um Hilfe. Nur Arabella-Madeleine blieb vorerst trocken. Sie balancierte auf Michaels Schultern und hielt sich an seinen Haaren fest.

Am anderen Ende zerrte Ercan am Seil. Er wollte die Menschentraube an Land ziehen, obwohl er wusste, dass das Seilende am Baum festgebunden war.

»Lass mich los, Made«, bettelte Michael, »du ertränkst mich noch.«

Patrick schüttelte verzweifelt den Kopf. »Stellt euch nicht so an!«, rief er. »Das Wasser ist nicht tief. Es reicht euch höchstens bis an die Brust.«

Erik hielt sich den Bauch vor Lachen. Patrick warf ihm einen bitterbösen Blick zu und watete ebenfalls ins Wasser. Die Kleider zog er sich erst gar nicht aus. Ihm war schon alles gleichgültig.

Erik wartete absichtlich, bis sein Freund nass war. Dann sagte er: »Eigentlich bin ich gekommen, um dich von Irene zu grüßen. Seit Stunden funkt sie dich an. Sie will wissen, warum du nicht antwortest.«

»Tatsächlich?«, fragte Patrick gereizt. Er betrachtete seinen Notsignalgeber. Die Ruflampe blinkte rot. Während all der Aufregung hatte er nicht darauf geachtet.

Die Signalgeber mussten von allen Parkbesuchern getragen werden. Kein Parkbesucher wurde eingelassen, ohne dass ihm der Torcomputer die erste Sicherheitsregel vorlas. Sie lautete: »Ich muss immer und überall dieses kleine Gerät am Gürtel oder um den Hals tragen, denn es ist lebenswichtig.«

Es waren wasserdichte Hightechgeräte. Gab es im Park einen Unfall, dann konnte man damit um Hilfe rufen. Außerdem ließ sich ganz genau feststellen, wo sich der Verunglückte gerade befand. Das schlaue Kästchen hörte sogar mit, ob das Herz des Trägers regelmäßig schlug und ob er atmete. Nur die Freaks wussten, dass man die Signalgeber auch als private Funkgeräte benutzen konnte. Sie taten es aber selten. Gigaplex wollte nicht, dass der Park von einem »Funkwellensalat« überschwemmt wurde.

»Wo ist Irene und was will sie?«, fragte Patrick. »Wehe ihr, wenn es nicht wichtig ist. Ich habe hier genug zu tun.«

»Das sehe ich.« Vergnügt betrachtete Erik die Nachwuchsphantome, die sich erschöpft am anderen Ufer ausruhten. Dann wurde sein Gesicht ernst. »Du erinnerst dich an die Beschwerden von den Ostende-Inseln?«

Patrick nickte gelangweilt. »Ist nicht der Rede wert. Ein paar Typen feiern dort eine Dauerparty. Sag ihnen, sie sollen die Musik leiser drehen. Damit ist der Fall erledigt.«

»Genau das hat Irene versucht«, erzählte Erik. »Dafür wurde sie ausgelacht, beleidigt und rumgeschubst.«

»Auweh! Das ist den Kerlen wohl nicht gut bekommen«, vermutete Patrick.

Irene gehörte erst seit kurzem zu den Freaks. Sie war die Stärkste und Wildeste unter allen Phantomen und wurde meist dann gerufen, wenn es wirklich grob wurde. Patrick hatte ihr den Spitznamen »Amazone«* verliehen.

---

* Amazone: Angehörige eines kriegerischen Frauenvolkes der griechischen Sage

»Hat es eine Prügelei gegeben?«
»Es war nahe dran. Zum Glück war Lizzy in der Nähe. Sie hat Irene beruhigt und sich die Bande vorgeknöpft. Sie haben bloß gelacht und die Musik noch lauter gedreht.«
»Dann sperrt ihnen die Eintrittskarten für den Park!«, rief Patrick. »Die Mistkerle verdienen es nicht anders.«
»Du vergisst, dass sie bereits im Park sind. Sie schlafen sogar am Strand. Wenn wir Pech haben, bleibt die Bande noch wochenlang hier. Wir könnten sie mit Gewalt rauswerfen, aber das ist nicht unser Stil. Außerdem sind es zu viele.«
Patrick überlegte. Dann rief er den Nachwuchsphantomen zu: »Aufstehen, ihr Faulenzer! Alle wieder zu mir. Tempo, Leute, das muss schneller gehen!«
Es gab viel Gemurre und Protestgeschrei, als sie erneut ins Wasser mussten.
»Du, du und du«, wählte Patrick drei Kandidaten aus, »ihr geht mit Erik und besorgt folgende Ausrüstung: ein Elektroboot, zwei voll aufgeladene Akkus, einen CD-Player, einen Verstärker, die größten Lautsprecher, die ihr auftreiben könnt . . .«
Bald darauf eilten Erik und seine Helfer davon.
Patrick räusperte sich. »Phantome!«, rief er. »Ihr habt eine harte Ausbildung genossen. Jetzt könnt ihr alles, was ihr gelernt habt, im Ernstfall erproben.«
Er achtete nicht auf die erstaunten Blicke und fuhr fort: »Die Lage ist ernst. Eine gefährliche Bande hat die Regeln gebrochen und sogar einen Freak angegriffen. Wir müs-

sen etwas unternehmen. Aber leicht wird es nicht. Es sind viele.«
»Und wennschon«, knurrte Ercan. »Wir werden auch gegen eine Übermacht kämpfen.«
»Nein, das werden wir nicht«, widersprach Patrick. »Wir vermeiden jede Gewalt. Nur Dummköpfe kämpfen mit den Fäusten. Wir gebrauchen lieber unseren Kopf, ist das klar?«
»Heißt das, wir dürfen uns nicht einmal wehren?«, empörte sich Ercan.
»Jeder darf sich verteidigen«, beruhigte Patrick. »Doch wir werden die Bande auch ohne Gewalt vertreiben. Ich habe einen Plan ausgetüftelt. Es kann aber nur klappen, wenn ich mich auf jeden Mann hundertprozentig verlassen kann.«
»Und auf jede Frau«, ergänzte Made.
»Und auf jede Frau«, wiederholte Patrick seufzend. »Vor allem dürfen wir nichts übereilen. Ich erkläre euch jetzt, was ihr zu tun habt. Wenn jemand Fragen hat, soll er . . . oder sie rechtzeitig damit rausrücken.«
Sofort schnellte eine Hand nach oben. Es war Michael.
»Fragt nur, wenn es wirklich wichtig ist«, ergänzte Patrick.
»Und ob es wichtig ist!«, rief der Dicke. »Mittag ist längst vorbei und wir . . .«
»Verstehe«, murmelte Patrick. »Packt die Pausenbrote aus.«
Zwei Stunden später erreichte der U-Bahn-Zug mit der Phantom-Eingreiftruppe den Zielbahnhof.

»Endlich! Wo bleibt ihr so lange?«, rief Lizzy. »Wir gehen jetzt alle gemeinsam zum Strand und säubern den Park von diesen . . . Steinzeitbarbaren!«
Selten hatte Patrick sie so wütend gesehen. Ihre orangeroten Haare waren zerrauft. Die grünen Wildkatzenaugen funkelten. Über ihrem rechten Auge sah Patrick einen blauen Fleck. Das war gewiss kein missglücktes Make-up.
»Ich dachte, Irene wäre die Einzige, die angegriffen wurde!«, rief Patrick erschrocken. »Erik sagte, du hättest die Schlägerei verhindern können.«
»Stimmt«, bestätigte Irene. »Das mit Lizzys Auge war ein Unfall, mehr oder weniger.«
»Mehr oder weniger, dass ich nicht lache!«, fauchte Lizzy. »Diese Kerle sind das Allerletzte. Los, werfen wir sie raus. Ich will sie hier nicht mehr sehen!«
»Immer mit der Ruhe«, sagte Patrick. »Ist Erik schon zurück? Hat er die Ausrüstung?«
»Die Boote warten auf den Einsatz. Die Feuerlöscher haben wir am Strand gelagert.«
»Boote?«, fragte Patrick und runzelte die Stirn. »Ich habe nur ein einziges Boot bestellt. Sag bloß, ihr seid mit der ganzen Flotte aufgekreuzt?«
»Das wären wir gerne«, sagte Irene, »aber wir hatten nicht genügend Leute, um alle Boote zu besetzen. Du ahnst ja gar nicht, was hier los ist.«
Als Patrick zum Strand kam, verstand er, warum alle so aufgeregt waren. Sogar hier, mehr als hundert Meter vom Lager der Krawallmacher entfernt, dröhnte die Techno-

musik so laut, dass man schreien musste, um sich zu verständigen.
»Wirklich heftig!«, brüllte er Lizzy ins Ohr. »Wie lange geht das schon so?«
»Die ersten Beschwerden kamen vor vier Tagen. Alle, die dort tanzen, müssten eigentlich längst taub sein.«
Patrick betrachtete Lizzys blaues Auge. »Wie ist das denn passiert?«
»Lizzy wollte nur helfen«, erzählte Irene. »Ein Junge lag am Strand und musste . . . Es ging ihm schlecht und . . .«
»Er hat sich beinahe den Magen herausgekotzt!«, rief Lizzy. »Weil er nämlich stinkstiefelbetrunken war.«
»Auch das noch«, stöhnte Patrick. »Sie haben Alkohol in den Park geschmuggelt?«
»Ja, in Limodosen. Wir haben an einer leeren Dose gerochen. Es war Bier drin.«
Patrick nickte. »Sie haben den Computer am Parktor ausgetrickst. Wir sollten Gigaplex bitten, dass das Torprogramm geändert wird. Niemand soll mehr Dosen oder Flaschen mit in den Park nehmen. Es gibt genug Trinkwasser hier.«
»Gute Idee«, lobte Lizzy. »Das Programm kann Sonja allein ändern. Dazu brauchen wir Gigaplex nicht. Wichtig ist nur, dass so etwas nie wieder passiert.«
»Lizzy hat den Betrunkenen vom Wasser weggezerrt«, erzählte Irene. »Nur, damit er nicht versehentlich ertrinkt. Da hat er um sich geschlagen und sie am Auge getroffen. Es war bestimmt nicht böse gemeint.«
»Ja, und von mir auch nicht«, beteuerte Lizzy. »Du wirst

ihn an einem Kratzer an der Wange erkennen. Ich war so zornig, dass ich ihm eine geklebt habe.«

»Kann ich verstehen«, sagte Patrick. Er winkte seinen Phantomen. »Ihr wisst alle, was ihr zu tun habt. Jeder schnappt sich einen Feuerlöscher. Irene wird sie scharf machen. Danach müsst ihr nur noch den roten Hebel drücken.«

Lizzy lief zu Irene hinüber und half ihr. Die Mädchen entfernten die Sicherungsbolzen. Bald waren alle Löschgeräte einsatzbereit.

»Lasst euch nicht ablenken«, fuhr Patrick fort. »Wenn euch jemand den Weg versperrt, weicht aus oder haut ab. Kümmert euch nicht um die Löschgeräte. Wir haben genug davon.« Er sah Ercan an. »Wenn ein Phantom angegriffen wird, dürfen ihm die anderen helfen. Aber nicht alle auf einmal. Eine Schlägerei nützt niemandem. Und nun das Wichtigste: Zielt auf gar keinen Fall mit dem Löschstrahl auf einen Menschen! Noch Fragen?«

Niemand meldete sich, auch Michael nicht.

»Also dann, viel Glück, Jungs.«

»Jungs und Mädchen!«, verbesserte Made.

Den ersten Teil der Strecke legten sie schweigend und in der Gruppe zurück, genau, wie es ausgemacht war. Patrick sprang unterdessen in Eriks Boot, das dicht am Ufer ankerte. »Ist die Geheimwaffe einsatzbereit, Matrose?«

»Aye, aye, Käpten«, antwortete Erik. »Willst du wirklich so grausam sein?«

»Und ob!«, versicherte Patrick. »Volldampf voraus!«

Die Schnellboote vom Typ »Air-Jet« hatten die Gigaplex-

Ingenieure extra für den Park entwickelt. Mit ihren Druckluftmotoren erreichten sie erstaunliche Geschwindigkeiten. Als sie sich dem Ziel näherten, entdeckte Patrick fünf weitere Boote. Die kreuzten dicht vor dem Lagerplatz der Bande, wagten sich aber nicht bis ans Ufer. Erik sagte etwas, doch in dem ohrenbetäubenden Lärm gingen seine Worte unter.

Am Strand tanzten Mädchen und Jungs um ein Lagerfeuer. Die Sonne hatte ihre Haut feuerrot gebrannt, doch sie spürten es nicht. Für sie gab es nur noch den Rhythmus, die Musik und den Alkohol. Sie waren blind und taub für alles andere. Es waren mindestens vierzig, schätzte Patrick. Die meisten saßen oder lagen nur faul im Sand. Einige taumelten am Ufer herum, nippten an Getränkedosen und drohten den Phantomen mit der Faust.

Was für ein Aufwand, nur wegen einer zu lauten Party, dachte Patrick. Vielleicht sollten wir die Bande einfach in Ruhe lassen und erst wiederkommen, wenn sie nüchtern sind. Aber dafür war es jetzt zu spät. Gespannt beobachtete er, wie sich die Gruppe der Phantome aufteilte. Sie kreisten das Lager ein. Die Tänzer berührte das nicht. Sie machten einfach weiter. Aber jene, die in der Sonne lagen, wurden aufmerksam. Sie erhoben sich und stellten sich Ercan, der die Gruppe anführte, in den Weg. Da sprangen alle Phantome zugleich in das Lager. Sie durchwühlten die Zelte, die Liegematten und Decken. Wo immer sie ein Radio, einen CD-Player, Verstärker oder Boxen entdeckten, richteten sie den Strahl der Löschgeräte darauf.

Erik hatte ursprünglich gegen diese Aktion protestiert. Auch wenn in Mystery eigene Gesetze galten, durfte man trotzdem nicht das Eigentum anderer Leute kaputtmachen.
Patrick hatte nur gelacht und gesagt: »Vertrau mir. Ich verspreche dir, dass niemand geschädigt wird.«
Im Moment sah das aber ganz anders aus. Löschgeräte zischten, Stromkabel wurden kurzgeschlossen und verschmorten. Aus den Lautsprecherboxen dröhnte ein ohrenbetäubendes Krachen. Sekunden später wurde es still. Die Tänzer taumelten. Sie blinzelten verdutzt und reckten sich, als wären sie gerade eben aufgewacht. Ein Mädchen mit knallgelb gefärbten Haaren kniete vor der Stereoanlage, die unter einem Riesenhaufen Löschschaum begraben lag. »Die ist hin, völlig im Eimer!«, kreischte sie. »Wisst ihr, was die gekostet hat? Das bezahlt ihr!« Schluchzend wischte sie den Schaum mit einem Handtuch ab und drückte auf verschiedene Schalter. Dabei bewegte sie sich so tollpatschig, dass sie das Gleichgewicht verlor und in den Sand purzelte. Sie war völlig betrunken.
»Daran habt ihr selbst Schuld«, sagte Ercan. »Und alles nur wegen diesem Mist!« Er ging zu einem Stapel Getränkedosen und gab ihm einen Fußtritt. Die sonnenwarmen Dosen explodierten förmlich. Sie spritzten in alle Richtungen.
»Alle mal herhören!«, rief Patrick. Seine Stimme wurde durch einen Lautsprecher verstärkt. »Es ist streng verboten, Alkohol in den Mystery-Park zu schmuggeln, das

wisst ihr genau. Wir werden das Zeug jetzt beschlagnahmen und dann abhauen, damit ihr in Ruhe euren Rausch ausschlafen könnt. Über alles andere reden wir morgen.«
»Beschlagnahmen?«, brüllte einer aus der Bande. »Denkste! Versucht es doch mal.«
»Ja, kommt nur!«, stimmten ihm seine Freunde bei. Sie bildeten einen Kreis um die Dosen und drohten mit den Fäusten.
»Okay, ihr Spinner«, murmelte Patrick. »Ihr habt es so gewollt.« Er schaltete den Lautsprecher ab und drehte sich zu Erik um. »Ist die Geheimwaffe geladen?«
»Noch nicht.« Erik grinste voll Vorfreude. »Ich dachte, du willst die Munition selbst auswählen.«
Er übergab seinem Freund einen Stapel CDs. Patrick kramte begeistert darin.
»Ah, gut, sehr gut!«, lobte er. »Hast du das ausgesucht? Wirklich geschmackvoll.« Schließlich wählte er eine CD

mit dem Titel »Das Schnulzenkarussell«. Darunter stand: »Goldene Melodien, zur Erinnerung an die gute alte Zeit«.

Bevor er einschaltete, gab er den Phantomen das Zeichen zum Rückzug. Dann drehte er auf volle Lautstärke.

»Oh, sooole miiio!«, dröhnte es über den Strand. »Oh, miiio sooolee!«

Die Augen der Rave-Dancer wurden groß und rund.

»Hä?«, machte einer. »Was soll der Scheiß?«

»Abdrehen, sofort abdrehen!«, rief ein anderer.

Aber Patrick dachte gar nicht daran. Versonnen lächelnd lag er im Boot. Erik steckte sich vorsichtshalber die Finger in die Ohren. Endlich war das erste Lied zu Ende. Die Tänzer am Strand atmeten erleichtert auf.

»Na, was ist?«, fragte Patrick. »Übergebt ihr uns freiwillig die Dosen?«

»Vergiss es. Verdufte endlich!«

»Brennend heißer Wüstensand!«, plärrte eine Stimme aus dem Lautsprecher. »Fern, so fern dem Heimatland . . .«

»Die wollen uns fertig machen!«, schrie ein Mädchen verzweifelt. »Tut etwas! Das hält doch kein Elefant aus!«

»Ohren zuhalten und cool bleiben«, riet ein anderer. »Die können nicht ewig so weitermachen.«

Doch er täuschte sich. Als die CD zu Ende war, tat Patrick etwas für die Klassikfans. Seine Doppel-CD mit italienischen Opernarien stellte die Nerven der Tänzer auf eine harte Probe, doch sie hielten eisern durch. Es folgte eine Originalaufnahme der »Tiroler Lederhosenjodler«.

Schließlich gab er ihnen den Rest mit »Die schönsten Kinderlieder«.

»Es tanzt ein Bi-Ba-Butzemann . . .!«, dröhnte es über dem Wasser und: »Auf der schwäb'schen Eisebahne . . .!«

»Aus, aus, wir geben auf!«, schrien alle. Sie ließen ihre Ausrüstung zurück und rannten, was das Zeug hielt. Sogar die Betrunkenen verkrochen sich auf allen vieren im Gebüsch. Der Rest war einfach. Die Phantome durchstöberten den Strand und die nahe gelegenen Büsche. Die Getränkedosen wurden ausgeleert. Eine Gruppe Freiwilliger übernachtete am Strand, damit den Betrunkenen nichts passierte.

Erst im Laufe des nächsten Tages kehrten die meisten Ausreißer zurück. Manchen ging es gar nicht gut. Die Freaks gaben ihnen etwas gegen Kopfschmerzen. Sie verteilten Mineralwasser, Zwieback und Kamillentee. Die Technos reparierten sogar alle »schaumgebremsten« Stereoanlagen und CD-Player. Alles, was irreparabel zerstört war, wurde durch neue, moderne Geräte ersetzt.

»Ein Geschenk von Gigaplex«, erklärte Patrick den erstaunten Rave-Dancern. »Bevor wir gestern gestartet sind, habe ich im Pressezentrum vor dem Parktor angerufen und unser kleines Problem geschildert. Wie ich gehofft hatte, versprachen mir die Pressefritzen der Firma alles, was ich wollte, wenn wir nur jede Gewalt vermeiden. Heute Morgen wurden die neuen Geräte am Parktor abgeliefert. Außerdem soll ich euch einen schönen Gruß vom Sicherheitsbeauftragten der Firma ausrichten:

Wenn ihr noch einmal so ein Ding abzieht und Alkohol in den Park schmuggelt, schmeißt er euch höchstpersönlich raus.«

»Ich verstehe das nicht«, gab Ercan zu, als er abends mit Patrick am Lagerfeuer saß. »Wenn jemand die Parkregeln bricht, sollten wir ihn dann nicht bestrafen?«
»Sie werden bestraft«, sagte Patrick, »und zwar so, wie es in den Regeln steht. Zwei Wochen lang müssen sie die Klos putzen. Das ist ganz schön widerlich, sag ich dir.«
»Es ist nicht genug!«, empörte sich Ercan. »Sie haben Alkohol in den Park geschmuggelt, Parkbesucher terrorisiert und sogar die Freaks angegriffen. Wir sollten ihre Eltern informieren. Sie hätten es verdient. Stattdessen helfen wir ihnen. Wir pflegen sie und reparieren ihre Spielzeuge. Gigaplex macht ihnen Geschenke. Ist doch völlig irre!«
»Irre?« Patrick lachte. »Ja, so würden es viele Erwachsene nennen. Aber wir sind die Generation Future und müssen zusammenhalten. In Mystery wird niemand an seine Eltern verpfiffen. Wir Freaks glauben, dass eine Strafe nur dann sinnvoll ist, wenn man sie ohne Wut akzeptiert.«
»Wie soll das gehen?«
»Indem wir Freundschaft schließen mit denen, die wir bestrafen«, erklärte Patrick. »Wir sollten es versuchen.«
Ercan starrte schweigend ins Feuer. Schließlich nickte er. »Freundschaft schließen mit denen, die man straft. Das klingt gut. Ich werde es mir merken.«

»Du bist ja gar kein so hoffnungsloser Fall, wie ich dachte.«

»Und du bist ein guter Lehrer.«

Patrick lehnte sich selig lächelnd zurück. »Kannst du das bitte wiederholen? Vielleicht wenn Erik und Lizzy dabei sind? Dann würde ich gerne ihre Gesichter sehen!«

Der Hase und der Igel

Folgt der Spur von Hase und Igel und sucht das Tor nach Level drei. In der Mitte der sechs Wächter, auf der Insel, wo Elfen einst tanzten, müsst ihr ein Lied singen. Kommt zur Geisterstunde. Nur wer feine Ohren hat und die alten Zeichen der Seefahrer kennt, kann es schaffen. Wartet nachts auf die Zeichen am Himmel. Erkennt die Melodie darin. Der höchste Ton liegt auf dem äußeren Streifen des Regenbogens. Die Wächter werden den Takt schlagen.«

In den letzten Tagen hatte Sonja viel über das Rätsel nachgedacht, aber noch mehr über ihre Konkurrentin. Sie sollte der neue Super-User der Freaks werden. Doch je länger Sonja nachdachte, desto klarer wurde ihr, dass dieser Plan nicht genügen würde, um den Mystery-Park zu erhalten, wie sie ihn liebte. Denn noch dringender als einen neuen Super-User brauchten die Freaks ihren Gegenspieler, den Datenmaulwurf!

Wenn Sonja den Park verließ, musste das blonde Mädchen ihr »Erbe« übernehmen. Nur so konnte das aufregende Spiel für die Freaks weitergehen.

Ideal wäre es, überlegte Sonja, wenn die Neue meine Doppelrolle übernehmen könnte. Sie könnte als Super-User die Freaks anführen und gleichzeitig deren Gegenspieler sein. Aber das muss ich schlau einfädeln, denn meine Freunde sind nicht auf den Kopf gefallen. Patrick ist dabei das Hauptproblem. Dieses misstrauische Schnabeltier würde sofort Verdacht schöpfen, wenn ich, so einfach aus dem Nichts, einen neuen Super-User hervorzaubere. Wir müssen ihn gemeinsam austricksen, ich und die Blonde. Aber dazu muss ich sie erst erwischen.

»Hallo, aufwachen!«, rief Erik und berührte sie am Arm. »Hörst du überhaupt zu?«

Sonja schreckte aus ihrer Grübelei. Die Anführer der Freaks hatten sich in der Zentrale versammelt, um über das Maulwurfsrätsel zu beraten. Erik, Lizzy, Rebecca und Patrick sahen sie erwartungsvoll an.

»'tschuldigung«, murmelte Sonja. »Ich habe nachgedacht. Hat jemand was gesagt?«

»Es geht um den ersten Satz im Rätseltext«, sagte Erik. »›Folgt der Spur von Hase und Igel.‹ Wir sind uns nicht einig, was der Maulwurf damit meint. Patrick hat vorgeschlagen, dass wir einen Ort suchen, wo diese Tierarten gemeinsam vorkommen. Davon halte ich nichts. Wahrscheinlicher ist, dass Hase und Igel nur Dateinamen im Computernetzwerk sind. Was ist deine Meinung?«

»Wir sollten beide Versionen genauer überdenken«, schlug Sonja vor. »Schnabeltier, wie hast du dir das vorgestellt? Weißt du überhaupt, wie Igelspuren aussehen oder die Fährten von Hasen?«

Patrick nickte. Er legte eine Kopie aus einem Tierbuch auf den Tisch.

»Gut gemacht, Chief«, lobte Sonja. »Aber der Mystery-Park ist riesengroß. Wo willst du mit der Suche anfangen?«

»Meine Nachwuchsphantome werden das übernehmen. Auch die anderen Freaks sollten jeden Hasen oder Igel melden, der ihnen über den Weg läuft. Wenn alle mithelfen, werden wir bald wissen, wo sich diese Viecher verstecken. Natürlich braucht es eine gewisse Zeit.«

»Zeit ist gerade das, was wir nicht haben«, sagte Lizzy. »In drei Wochen sind die Ferien zu Ende.«

»Vielleicht müssen wir nicht im ganzen Park suchen«, tröstete Sonja. »Wie wäre es mit einer einzigen Insel?«

Sie zeigte auf die Textstelle: **». . . auf der Insel, wo Elfen einst tanzten . . .«**

»Erinnert ihr euch an eine Zeit, Freunde, als in Mystery die Elfen tanzten?«

Erik nickte. »Und ob! Wie könnte ich das je vergessen?«

»Verstehe ich nicht«, gab Rebecca zu.

»Kannst du auch nicht«, entgegnete Sonja. »Damals warst du noch nicht bei den Freaks. Vor ungefähr einem Jahr war es, als eine Parkbesucherin die Hologrammtechnik von Gigaplex entdeckte. Mit Rauchwolken und Laserstrahlen hat sie im ganzen Park Geister erscheinen lassen. Besonders oft spukte es auf der Insel Spirit. Dort steht der Computer, der die Trugbilder erzeugt.«*

»Ich schicke sofort alle Phantome nach Spirit!«, rief Patrick. »Die Insel ist nicht groß. Wenn es dort Hasen oder Igel gibt, werden wir sie finden.«

»Ja, tu das«, sagte Sonja. »Ich glaube, ich weiß auch, wo die sechs Wächter sind. Auf Spirit gibt es Steinsäulen, die gemeinsam ein Sechseck bilden.«

»Kenne ich längst«, behauptete Patrick. »Ich habe lange

---

* Siehe »Generation Future – Aufstand der Geister«

dort herumgeschnüffelt, aber ich konnte das Geheimnis nicht durchschauen.«

»Man muss nach Sonnenuntergang zu den Säulen gehen«, sagte Erik. »Dann leuchten sie in allen Farben.«

»Es sind keine Säulen, sondern Maschinen«, behauptete Rebecca. »Atü und ich haben sie untersucht. Wir konnten aber nicht feststellen, wie sie funktionieren. Wir fanden keine Stromkabel, keine versteckten Reparaturklappen, nicht einmal eine armselige Schraube. Atü war so neugierig, dass er die Dinger mit Gewalt öffnen wollte. Mit Hammer und Meißel, versteht ihr?«

»Das hast du hoffentlich verhindert?«, fragte Lizzy.

»Natürlich, was dachtest du?«

»Wir sollten in Zukunft öfter miteinander reden«, forderte Sonja. »Anscheinend hat jeder von uns versucht das Rätsel allein zu lösen und alle haben sich an dieser Nuss die Zähne ausgebissen.«

»Nur der Maulwurf nicht«, ergänzte Lizzy.

Sonja ärgerte sich. Dieser Punkt ging eindeutig an ihre Konkurrentin. Die Blonde hatte etwas geschafft, woran Sonja Superhacker kläglich gescheitert war. Das wurmte Sonja mehr, als sie sich selbst eingestehen wollte.

»Wenn ihr einverstanden seid, treffen wir uns heute Abend auf Spirit«, schlug Lizzy vor. »Nehmt Decken und genug zu essen mit. Ich fürchte, das wird eine lange Nacht.«

»Und ich«, sagte Patrick, »versammle meine Schüler und düse los. Heute steht ›Spurensuche‹ auf dem Stundenplan.«

Zwei Stunden später wurde auf der Insel Spirit die »Großwildjagd« eröffnet. Um die Sache spannender zu machen, tat Patrick gegenüber den Nachwuchsphantomen sehr geheimnisvoll. »Ich sage euch nicht, welches Tier wir jagen«, erklärte er, »denn die Sache muss streng geheim bleiben.« Er nickte ihnen zu und machte dabei ein sehr ernstes Gesicht. »Jungs, das hier . . .«
»Jungs und Mädchen!«, protestierte Made.
»Jungen- und Mädchenphantome, das hier ist keine Kleinigkeit, sondern harte Detektivarbeit. Auf diese Spuren müsst ihr achten.« Er verteilte die Kopien, auf denen die Fährten von Hasen und Igeln abgedruckt waren. Zusätzlich erhielt jeder Phantom eine genaue Karte der Insel. »Wenn ihr solche Spuren findet, dann verfolgt sie nicht auf eigene Faust, sondern ruft einen Kollegen zu Hilfe.«
»Wieso?«, fragte Ercan. »Sind etwa gefährliche Tiere aus einem Zoo ausgebrochen und haben sich hier versteckt?«
»Ich sage nicht Ja und nicht Nein«, flüsterte Patrick im Verschwörerton. »Die Sache ist einfach zu geheim. Ihr müsst das Tier nicht unbedingt aufstöbern. Wichtig ist nur, dass ihr die Spur auf der Inselkarte einzeichnet, und zwar so genau wie möglich, kapiert?«
Alle, die diese Worte hörten, erstarrten vor Schreck.
»Na, der hat Nerven!«, rief jemand. »Und was ist, wenn wir gebissen werden?«
Ercan nahm Patrick beiseite und raunte ihm ins Ohr: »Chief, glaubst du, dass diese Typen genug Mumm haben, um ein Raubtier zu fangen? Die machen sich glatt in die Hose.«

»Hast du nicht zugehört?«, fragte Patrick und heuchelte Entsetzen. »Ihr sollt das Vieh nicht fangen. Versucht es bloß nicht! Nur die Spuren sind wichtig. Wenn alle Spuren aufgezeichnet sind, ist eure Aufgabe erledigt. Den Rest übernehmen dann Spezialisten.«
»Verstehe«, flüsterte Ercan.
»Ich verstehe es aber nicht«, meldete sich Michael. »Warum sollen wir einen Hasen verfolgen, wenn wir ihn dann nicht fangen und essen wollen?«
»Hast du noch immer nicht kapiert?«, fragte Ercan. »Wir verfolgen keinen Hasen, sondern ein gefährliches Raubtier, das aus dem Zoo ausgebrochen ist.«
»Das sind Hasenspuren«, behauptete Michael beharrlich, »das weiß ich ganz genau. Und wenn wir die Hasen nicht essen wollen, dann weiß ich nicht . . .«
»Du denkst immer nur ans Essen«, ermahnte ihn Patrick. »Los jetzt, macht euch an die Arbeit. Vor Sonnenuntergang müssen wir die ganze Insel durchsucht haben.«
Wie aufgescheuchte Hühner liefen die Phantome durcheinander. Manche krochen auf allen vieren, manche huschten von Busch zu Busch, vorsichtig, stets fluchtbereit.
Einige drehten sogar Steine um. Ercan brach einen Ast ab und schnitzte mit dem Taschenmesser daran herum. Offenbar wollte er einen Jagdspeer basteln.
»Beeilt euch!«, rief Patrick. »Ihr habt alle eine Karte der Insel bekommen. Jeder sucht nur in dem Quadrat, das ich ihm auf der Karte rot umrandet habe.«
Das sorgte wieder für Verwirrung und Geschrei.

»Bitte, wo ist das?«, fragte jemand. »Kann mir jemand sagen, wo Süden ist?«

»Ich würde lieber ein Gebiet am Strand untersuchen«, quengelte ein anderer. »Will einer von euch sein Quadrat mit mir tauschen?«

»Das ist mein Gebiet, du blinde Made! Kannst du keine Karten lesen?«

»Selber blind! Du hältst den Plan verkehrt rum.«

»Wann ist endlich Pause?«

»He, Chief, ich kann mein Quadrat nicht finden!«

Geduldig beantwortete Patrick alle Fragen. Er war noch nicht fertig damit, als er Made kreischen hörte: »Knochen! Ich hab Knochen gefunden!«

Alle rannten davon, um die »Sensation« zu bestaunen. Patrick stiefelte hinterher.

»Das Raubtier muss hier Beute gerissen haben«, vermutete Ercan. »Nach den Knochen zu schließen, war das Beutetier ziemlich groß.«

»Lasst mich sehen.« Patrick kniete sich nieder und beäugte den Knochenhaufen, den Made ausgebuddelt hatte.

»Das Biest ist lebensgefährlich!«, rief ein Junge. »Also, mich könnt ihr vergessen. Ich mache nicht länger mit.«

»Oh ja«, sagte Patrick, »hier hat jemand ein sehr großes Tier verzehrt. Ein Schwein, um genau zu sein. Das sind abgenagte Schweinerippchen.«

»Ein Schwein?«, wiederholte Made fassungslos. »Dann muss der Räuber ja mindestens so groß sein . . .« Sie breitete die Arme aus.

»Wolf? Luchs? Löwe?«, kamen die Vorschläge.

»Nein, hungriger Homo sapiens*«, ergänzte Patrick, wütend über so viel Dummheit. »Das sind die Überreste einer Grillparty. Natürlich ist es nicht in Ordnung, wenn man die Knochen im Sand vergräbt, doch das soll uns im Augenblick nicht kümmern.« Er nahm Made das Blatt mit den Tierspuren aus der Hand und hielt es hoch. »Haltet ihr das wirklich für eine Löwenfährte? Da kichern ja die Hühner!«

Grollend stapfte er davon. Die verunsicherten Nachwuchsphantome starrten ihm ratlos hinterher.

»Es sind die Abdrücke von Hasenpfoten, sag ich doch die ganze Zeit«, murmelte Michael.

»Blödsinn«, widersprach Ercan, aber seine Stimme klang unsicher.

»Vielleicht sind es kranke Hasen«, schlug Made vor. »Was haltet ihr von Tollwut? Das würde die Aufregung erklären.«

»Hasen bekommen keine Tollwut«, behauptete Michael.

»Bist du sicher?«

»Hm, nein, nicht ganz sicher. Aber Menschen können sich anstecken. Das weiß ich genau. Man kann daran sterben.«

»Seid bloß vorsichtig«, mahnte Ercan.

Als das Boot der Freaks am späten Nachmittag die Insel erreichte, lehnte Patrick erschöpft an einem Baumstamm. Von den Nachwuchsphantomen war nichts zu sehen.

* Homo sapiens: lateinisch = wissenschaftliche Bezeichnung für den Menschen

»Nanu, was ist denn hier los?«, wunderte sich Lizzy. »Wo sind deine Schüler?«
»Auf der ganzen Insel verteilt.«
»Und der Lehrer lässt sie allein?«
»Ich bin geflüchtet«, gestand Patrick. »Diese Typen machen mich fertig. Sie sind alle total beknackt und zu nichts zu gebrauchen.«
»Typisch Lehrer«, spottete Erik. »Lässt seine Schüler bei einer Teamarbeit schwitzen, während er selbst gemütlich herumsitzt.«
»Wie läuft es bei der Spurensuche?«, erkundigte sich Lizzy.
»Schlecht. Kein Hase weit und breit. Aber einen Igel haben die Großwildjäger aufgestöbert. Das arme Tier hat sich vor Angst sofort zusammengerollt. Jetzt ist es wohl auf Nimmerwiedersehen im Unterholz verschwunden.«
»Und die Igelspur?«, fragte Sonja. »Ist sie nachgezeichnet?«
Patrick übergab ihr die Karte der Insel. Darauf verlief, kreuz und quer, ein wahres Spinnennetz roter Linien.
Sonja staunte. »Was denn, so viele? Das kann unmöglich von einem einzigen Tier stammen. Hier müssen mehrere Igel leben.«
»Eine ganze Igelfamilie«, bestätigte Patrick. »Viele Igel und kein Hase, wie passt das zu dem Rätsel? Ja, wenn wir wenigstens einen einzigen Hasen auftreiben könnten, dann wären es . . .«
». . . mehrere Igel und ein einziger Hase«, ergänzte Sonja nachdenklich. »Das kommt mir bekannt vor. Irgend-

wann habe ich das schon mal gehört. Ich kann mich aber nicht erinnern, wann und in welchem Zusammenhang.«

Ratlos folgte sie mit dem Finger den Linien auf der Karte.

Die Freaks schlugen ihr Lager direkt neben den geheimnisvollen »sechs Wächtern« auf. Drei Meter hohe Zylinder mit kegeliger Spitze waren es. Sie standen in einem exakten Sechseck zueinander.

Mit den Fingerspitzen strich Sonja über die raue Oberfläche einer Säule. Welches Material war das? Stein, Metall oder Kunststoff? »Kunststoff«, entschied sie. »Rebecca hat Recht. Es sind Maschinen.«

Sie fühlte ein leichtes Vibrieren, so fein, dass es die meisten Menschen niemals wahrnehmen konnten. Vermutlich weil Sonja keinen Ton hören konnte, waren ihre restlichen Sinne empfindlicher als die ihrer Freunde. Fasziniert beobachtete sie, wie die Stelle, die ihre Finger berührten, in einem kalten grünen Licht glühte.

Überall in Mystery gab es unentdeckte Geheimnisse, doch diese Insel war zweifellos der rätselhafteste Ort des Parks. Hier versteckte Gigaplex die künstliche Intelligenz »Spirit«. Auf der ganzen Welt gab es kein moderneres, schnelleres Rechengehirn. Der Supercomputer lag gut verborgen in einer Unterwasserhöhle. Sonja vermutete, dass er mit dem Säulensechseck verkabelt war. Die künstliche Intelligenz beantwortete aber keine Frage dazu.

Kurz vor Sonnenuntergang zündeten die Freaks ein Lagerfeuer an. Die Nachwuchsphantome gesellten sich zu ihnen. Jetzt endlich erklärte ihnen Patrick den wahren

Zweck der Spurensuche. Natürlich fühlten sie sich verulkt und einige murrten. Das Maulwurfsrätsel begeisterte sie aber so sehr, dass sie Patrick verziehen. Eifrig berieten sie, was die geheimnisvollen Zeilen bedeuten könnten.

Made hatte eine Idee. »Das Rätsel ist gar nicht so kompliziert«, behauptete sie. »›In der Mitte der sechs Wächter müsst ihr ein Lied singen‹, hat der Maulwurf geschrieben.«

»Na und?«, fragte Patrick. »Was schlägst du vor?«

»Ist doch sonnenklar! Wenn das hier die steinernen Wächter sind«, sie zeigte auf die Säulen, »dann ist bestimmt etwas in der Mitte des Sechsecks vergraben.«

»Wie kommst du darauf?«, fragte Lizzy verwundert.

»Ich habe viele Abenteuergeschichten gelesen. Der Schatz liegt meistens in der Mitte geheimnisvoller Markierungen vergraben.«

»Schatz? Wer hat etwas von einem Schatz erzählt?« Lizzy sah Patrick an, doch der zuckte mit den Schultern.

»Was ist?«, fragte Made ungeduldig. »Soll ich graben?«

»Wenn's dir Spaß macht, meinetwegen.«

Gleich darauf buddelten die Nachwuchsphantome mit bloßen Händen, wie Hunde, die nach einem Knochen suchen. Dabei schaufelten sie sich gegenseitig Sand in die Haare. Nur Michael lag gemütlich am Lagerfeuer. Er hatte die Hände hinter dem Kopf verschränkt und beobachtete den Sternenhimmel.

»Willst du ihnen nicht helfen?«, fragte Lizzy. Sie und die anderen Chiefs hatten sich nicht von der Stelle gerührt.

»Sinnlos«, antwortete Michael. »Sie werden nichts finden.«
»Tatsächlich? Was macht dich so sicher?«
»Ich kann lesen. Der Maulwurf schreibt, dass wir zur Geisterstunde kommen sollen. Bis Mitternacht sind es noch drei Stunden. Weckt mich, wenn es so weit ist. Gute Nacht.« Er gähnte und rollte sich zur Seite.
»Bleib noch ein wenig wach«, bat Lizzy. »Wie es scheint, bist du ganz schön clever. Vielleicht kannst du uns helfen.«
»Hm?«, murmelte Michael schläfrig.
»Weißt du, welches Lied wir singen sollen?«
»Nein, wozu auch? Ich schätze, ihr Computertippler habt es längst herausgefunden.«
Lizzy seufzte. »Wir haben nicht mal eine Idee.«
»Das stimmt nicht ganz«, meldete sich Rebecca. »Ich denke seit Tagen darüber nach. In dem Rätsel heißt es: ›Die Wächter werden den Takt schlagen.‹ Es könnte sein . . .«
»Mach's nicht so spannend«, forderte Sonja.
»Als ich mit Atü die Säulen untersuchte«, erzählte Rebecca, »sagte der Kleine zu mir: ›Du, Beccy, da drin tickt was.‹ Und als ich mein Ohr daran legte, habe ich es selbst gehört. Eine Uhr ist es nicht, weil das Ticken unregelmäßig ist.«
»Vielleicht ist es der Rhythmus eines Liedes!«, rief Patrick. »Beccy, du bist ein Schatz! Was täten wir nur ohne dich?«
»Oh, das hast du lieb gesagt«, flötete Rebecca. Sie rückte nah zu ihm und lehnte ihren Kopf an seine Schulter. Pat-

rick war verblüfft und wusste keine Erwiderung. Sollte er es wagen? Dann legte er zögernd den Arm um sie.
Lizzy räusperte sich. Ihre Augen funkelten belustigt. »Vielleicht lässt sich feststellen, in welchem Rhythmus die Säulen ticken. Wer von uns hat die feinsten Ohren?«
»Ich mach das«, bot Sonja an.
Als ihre Freunde sie erstaunt ansahen, erklärte sie: »Ich kann es mit den Fingerspitzen fühlen und kenne mich mit Signalwiederholungen aus. Außerdem könnt ihr ohnehin nichts hören bei dieser Action.« Sie zeigte grinsend auf die Nachwuchsphantome. Noch immer buddelten sie wie verrückt im Sand.
»Das darf nicht wahr sein«, grollte Patrick. »Wollen sich diese Dummköpfe bis nach China durchgraben? Ich werde sie zurückpfeifen.«
»Nicht nötig«, wehrte Sonja ab. »Sollen sie sich austoben. Mich stört es nicht.«
Problemlos konnte sie den Takt der Säulen feststellen. Es war nur eine kurze Rhythmusfolge, die sich endlos wiederholte. Sonja schrieb sie auf ein Blatt Papier: »Lang, kurz, lang, kurz, kurz, kurz, kurz, kurz, lang, kurze Pause, lang, kurz, lang, kurz, kurz, kurz, kurz, kurz, kurz, kurz, lang, lange Pause. Dann wieder von vorne.«
Das Blatt wanderte von Hand zu Hand. Niemand wurde daraus schlau.
»Mit Teillösungen ist das Rätsel nicht zu knacken«, vermutete Lizzy. »Was fehlt uns noch?«
»Fangen wir noch mal von vorne an«, schlug Sonja vor. »Folgt der Spur von Hase und Igel.«

Patrick stöhnte. »Lasst mich bloß damit in Frieden. Es gibt keine Hasen auf Spirit.«

»Der Wind könnte die Spuren verweht haben.«

»Der Wind verweht alle Hasenspuren und verschont die Igelfährten?«, spottete Patrick.

»Aber es muss eine Lösung geben!«, rief Sonja wütend. »Ich bin ganz nah dran, ich fühle es. Viele Igel, aber kein Hase . . . Hase und Igel . . . Woran erinnert mich das? Verflixt!«

»Das ist ein Märchen«, sagte Michael.

»Ja«, murmelte Rebecca. »Der Hase und der Igel machten ein Wettrennen. Alle lachten den Igel aus, weil er dick war und so kurze Beine hatte.« Sie kuschelte sich an Patrick.

»Ja, sehr schön«, sagte Patrick. »Aber das bringt uns keinen Schritt weiter. Vielleicht hatte Erik von Anfang an Recht. ›Hase‹ und ›Igel‹ könnten geheime Passwörter am Datenhighway sein.«

». . . der Hase war dem Igel als Läufer grenzenlos überlegen«, erzählte Sonja, zur Überraschung aller, die Geschichte weiter. »So ersann der Igel eine List. Er sagte zu seiner Frau: ›Versteck dich dort bei dem Baum, der das Ziel des Wettlaufes sein soll. Wenn der Hase losrennt, laufe ich nur ein paar Schritte mit. Dann verstecke ich mich. Wenn der Hase kurz vor dem Ziel ist, springst du heraus, Frau, und rufst: Ich bin schon hier! Der Hase kann zwei Igel nicht voneinander unterscheiden, weil sie so gleich aussehen. Er wird denken, dass du ich bist, und überzeugt sein, dass er verloren hat.‹

Und so geschah es. Als der Hase am Ziel ankam, stand dort sein vermeintlicher Gegner und rief: ›Ich bin schon hier!‹ Er konnte es nicht glauben, dass ihn der Igel geschlagen hatte, ihn, den flinken Läufer ... der pummelige Igel mit seinen kurzen Beinchen. – Ich dumme Gans!«
Tief in Gedanken versunken stand Sonja auf und verschwand in der Dunkelheit. Einsam wanderte sie den Strand entlang. Lizzy wollte ihr folgen, aber Erik hielt sie zurück. Er kannte seine Freundin gut genug und wusste, wann sie allein sein wollte.
Der Hase und der Igel, dachte Sonja. Dieser Teil des Rätsels war nur für mich bestimmt und hatte mit dem Drachenspiel nichts zu tun. Die Blonde hat mir einen Hinweis gegeben. Sie will, dass ich sie finde. Oder besser gesagt: Sie wollen, dass ich sie finde. Es sind zwei!
Eineiige Zwillinge, zwei Igel, die einen Hasen besiegt haben. Und ich bin voll darauf reingefallen. Je länger Sonja darüber nachdachte, desto fröhlicher wurde sie. Zwillinge! Vielleicht konnte sie das für ihre eigenen Pläne nutzen. Ihre Freunde durften vorerst nichts davon erfahren. Gut gelaunt kehrte sie zu den sechs Wächtern zurück.

Es war kurz vor Mitternacht. Die Nachwuchsphantome rasteten erschöpft am Lagerfeuer. Nur Ercan gab nicht auf. Er stand bis zur Brust in der Grube und buddelte unverdrossen mit bloßen Händen weiter.
»Und ich dachte immer, unser Schnabeltier wäre an Hartnäckigkeit nicht zu übertreffen«, scherzte Lizzy. »Lernt man das auch in der Phantomschule?«

Patrick antwortete nicht. Sein Kopf lag auf Rebeccas Schoß und wurde gekrault.
»Gleich ist Geisterstunde«, erinnerte Erik. »Zeit für ein Lied. Wann wird uns der Himmel ein Zeichen geben?«
Schlag Mitternacht ging es los. An sechs Stellen begannen am Himmel bunte Lichter zu blinken.
»Seht doch!«, rief Lizzy. »Die Ballons!«
Dutzende Riesenballons schwebten über ganz Mystery-World. Sie gehörten zum Sicherheitssystem. Die Parkbesucher hatten sich längst daran gewöhnt und beachteten sie gar nicht.
Eigentlich waren es keine Ballons, sondern kleine, ferngesteuerte Luftschiffe, die sich aus eigenem Antrieb fortbewegten. Bei starkem Wind oder nach einer Sturmwarnung schwebten sie über die Parkgrenzen davon. Die Freaks vermuteten, dass man sie irgendwo an einem geheimen Ort in Sicherheit brachte. Ein Parkbesucher erzählte, dass er einmal von einem Minizeppelin gerettet wurde, als sich beim Schwimmen ein Beinmuskel verkrampfte. Das Luftschiff ließ eine Halteleine herabfallen und zog den Schwimmer anschließend an Land.
Meist schwebten die »lautlosen Schutzengel« aber unbeweglich hoch am Himmel. Natürlich waren die Ballons mit bunten Positionslichtern ausgerüstet, damit nachts kein Flugzeug oder Hubschrauber mit ihnen zusammenstieß. Und selbstverständlich standen sie über Funk mit dem Datenhighway in Verbindung. Der Maulwurf benutzte die Lichter jetzt offensichtlich für seine Spielchen.

»Die Ballons blinken im gleichen Rhythmus, wie die Säulen ticken«, stellte Erik fest.
Sonja blickte auf den Taktzettel und schüttelte den Kopf. »Nicht wie die Säulen. Der Rhythmus ist anders.«
»Das ist nicht logisch«, protestierte Erik. »Vielleicht hast du dich vorhin bei dem Säulentakt verschätzt.«
»Bestimmt nicht. Ich garantiere dir . . .«
»Das sind Morsezeichen«, warf Michael ein.
Alle Gesichter drehten sich überrascht zu ihm. Für einige Sekunden wurde es totenstill.
»Allerhand«, murmelte Lizzy schließlich. Sie nickte Patrick zu. »Allerhand, was man in deiner Schule so lernt. Du hast wirklich Talent als Lehrer.«
Patrick kicherte verlegen.
»Früher haben sich die Seefahrer mit Morsezeichen verständigt«, erklärte Michael. »Sogar heute noch, in Notfällen zum Beispiel. Kennt ihr das Zeichen SOS*? Mein Vater ist Seemann. Er hat mir das Morsealphabet beigebracht.«
»Das heißt, du kannst die Zeichen übersetzen?«, fragte Lizzy aufgeregt.
»Hab ich schon gemacht. Leider ergibt es keinen Sinn. Es lassen sich keine Wörter daraus bilden. Die Buchstaben kann ich dir aufschreiben.«
»Bitte, tu das.« Sie gab ihm Papier und Bleistift.
Gespannt sahen alle über Michaels Schultern, während er schrieb: »G, D, G, D, G, D, G, H, D, Pause, C, A, C, A, C, A, F, I, S, A, D, lange Pause. Dann wieder von vorn.«

---

* SOS: englisch = save our ship = rette(t) unser Schiff!

»Du hast Recht«, sagte Lizzy. »Daraus kann man keine sinnvollen Wörter bilden. Oder gibt es noch mehr Abkürzungen wie SOS?«

»Möglich. Ich müsste meinen Vater fragen.«

»Vielleicht sollte man die Buchstaben mit den Farben der Blinklichter kombinieren«, schlug Erik vor. »In dem Rätsel war von einem Regenbogen die Rede.«

»Gute Idee«, lobte Sonja. Sie beobachtete die Lichter und schrieb mit. Gemeinsam mit Michael stellte sie fest, welcher Buchstabe in welcher Farbe signalisiert wurde.

Hellblau = G, Violett = D, Hellblau = G, Violett = D, Hellblau = G, Violett = D, Hellblau = G, Gelb = H, Rot = D, Pause, Orange = C, Grün = A, Orange = C, Grün = A, Orange = C, Grün = A, Blau = F, Blau = I, Blau = S, Grün = A, Violett = D, lange Pause.

»Schätze, das war's für heute Nacht«, murmelte Sonja. »Ihr könnt euch ruhig schlafen legen. Es kann einige Zeit dauern, bis ich den Buchstabencode geknackt habe. Wie ich den Maulwurf kenne, hat er wieder etliche Fallen eingebaut, nur um mich zu ärgern.«

»Warte noch«, bat Erik. »Vielleicht kann ich den Code schneller entschlüsseln als du. Ich weiß natürlich, dass du von uns beiden der bessere Hacker bist. Aber ich verstehe zufällig mehr von Musik. Sieh mal.«

Er schrieb die Buchstabenfolge in den Sand. Dann zog er noch fünf parallele Linien und setzte einen Notenschlüssel davor. »Eigentlich ist das Rätsel einfach. Was braucht man, um die Melodie eines Liedes aufzuschreiben?«

»Keine Ahnung«, murmelte Sonja traurig. »Gehörlose besuchen keinen Musikunterricht.«
»Musiknoten!«, rief Patrick. »Damit kenne ich mich aus. In Musik hatte ich eine Eins. Lasst mich nur machen!« Eifrig begann er im Sand zu kritzeln.
»Halt«, sagte Erik. »Nicht so schnell. Du hast zwar die Noten, aber du weißt nicht, ob es ganze, halbe, Viertel- oder Achtelnoten sind.«
»Stimmt«, gab Patrick zu. »Dafür haben wir den Rhythmus der sechs Wächter. Gib mal her.« Er grapschte sich den Zettel. »Lang, kurz, lang, kurz, kurz, kurz, kurz, kurz, lang, kurze Pause, lang, kurz, lang, kurz, kurz, kurz, kurz, kurz, kurz, kurz, lang, lange Pause. – Hm, hm ... Was hat der ganze Käse bloß zu bedeuten?«
»Kann ich nicht genau sagen«, gab Erik zu. »Wir müssen es ausprobieren.«
»Alles klar.« Bevor Patrick die erste Note in den Sand malte, murmelte er nachdenklich: »Die Melodie beginnt bestimmt jeweils nach der langen Pause, also mit einem G. Die erste Note ist lang. Ein langes G also. Bloß in welcher Höhe?
Woher um Himmels willen sollen wir wissen, in welcher Tonhöhe die Noten liegen?«
»Das habe ich mich auch schon gefragt«, antwortete Erik. »Es muss etwas mit den Farben zu tun haben. Wofür wären sie sonst gut?« Er schrieb alles, was sie bisher herausgefunden hatten, nebeneinander.
Hellblau = G = lang, Violett = D = kurz, Hellblau = G = lang, Violett = D = kurz, Hellblau = G = kurz, Violett = D

= kurz, Hellblau = G = kurz, Gelb = H = kurz, Rot = D = lang, Pause, Orange = C = lang, Grün = A = kurz, Orange = C = lang, Grün = A = kurz, Orange = C = kurz, Grün = A = kurz, Blau = F = kurz, Blau = I = kurz, Blau = S = kurz, Grün = A = kurz, Violett = D = lang.

»Der höchste Ton liegt auf dem äußeren Streifen des Regenbogens«, las Sonja aus dem Rätsel vor. »Welche Farbe hat der äußere Regenbogenstreifen? Wartet, das werden wir gleich haben.« Sie klappte ihr Notebook auf und wählte sich ins Internet ein, wie immer, wenn sie über ein bestimmtes Thema Genaueres wissen wollte. Das weltweite Datennetz war für Sonja wie ein riesiges, wunderbares Lexikon. Als Suchwort tippte sie »Regenbogenfarben« ein.

Im Internet gab es jede Menge über Regenbogen zu lesen. Sonja zeigte auf ein Bild und eine Textstelle. Dort stand:

»Im Regenbogen sehen wir den blauvioletten Streifen innen, gefolgt von Dunkelblau, Blau, Hellblau, Grün, Gelb, Orange und ganz außen Rot.«

»Der äußerste Streifen des Regenbogens ist rot«, erklärte Sonja zufrieden. »Der höchste Ton liegt also auf Rot, das ist der Buchstabe D. Genügt das?«

»Ja«, sagte Erik, »sieht gut aus.« Er betrachtete noch einmal die Buchstabenkolonne. »Die Buchstaben F, I und S gibt es nicht in der Tonleiter. Sie sind alle drei gleich blau. Ich vermute, das ist ein Fis. Außerdem gibt es nur ein D, das in der Farbe Rot gemorst wurde. Alle anderen D sind violett, liegen also ganz unten im Regenbogen.«

»Ich verstehe nur Bahnhof«, gab Sonja zu. »Klingt wie eine Geheimsprache.«
Erik zeichnete die Noten in den Sand. Dann versuchten er und Patrick sie mit »La, la, la« nachzusingen, sehr zum Leidwesen der Zuhörer.
»Sofort aufhören!«, rief Lizzy. »Das Gejaule hält kein Pferd aus. Wir brauchen jemanden, der singen kann.«
»Ich kann sehr gut singen!«, empörte sich Erik. »Das Schnabeltier hat Schuld. Er bringt alle Töne durcheinander.«
»Von wegen! Du hast keine Ahnung von Musik«, schimpfte Patrick.
»Schluss jetzt«, forderte Lizzy. »Wir brauchen ein Instrument. Spielt hier jemand Flöte?«
»Ich spiele Trompete«, meldete sich Michael. »Aber für so eine Kleinigkeit brauche ich kein Instrument. Hört zu.« Er pfiff die Melodie. Diesmal hielt sich niemand die Ohren zu.
»Siebenschläfer, dafür bekommst du eine Eins«, lobte Patrick. »Weißt du, was das ist?«
»Die kleine Nachtmusik«, sagte Erik an Michaels Stelle.
Patrick nickte. »Eine berühmte Komposition von Wolfgang Amadeus Mozart.«
»Nein, was du alles weißt!«, rief Rebecca. Bewundernd sah sie ihren neuen Freund an.
Auch Erik staunte. »Ich wusste noch gar nicht, dass du Klassikfan bist.«
»Fan ist übertrieben«, sagte Patrick verlegen. »Ich musste mir ab und zu so was anhören. Meine Eltern haben mich sogar mit in die Oper geschleppt.«

»Verstehe.« Erik zwinkerte ihm zu.

Die meisten Kids fanden Opern entsetzlich öde und Patrick wollte deswegen nicht gehänselt werden.

Erik sprang in die Grube, die Ercan und die Nachwuchsphantome zwischen den Säulen gebuddelt hatten. Dort sang er laut die Melodie der kleinen Nachtmusik.

Schon nach den ersten Tönen begannen die Säulen zu leuchten. Je länger Erik sang, umso heller wurde es. Die

sechs Wächter projizierten einen Lichtfleck in Form eines grünen Pfeils auf den Boden. Der Pfeil stand nicht still. Er wanderte langsam in Richtung Seeufer. Dort sprudelten Dutzende Springbrunnen aus dem Wasser. Die bunten Scheinwerfer der Ballons beleuchteten sie in allen Regenbogenfarben. Aus versteckten Lautsprechern tönte klassische Musik. Bei jedem Ton verschwand eine Wassersäule und eine andere schoss hervor, fast so, als würden die Springbrunnen zur Musik tanzen.

»Wunderschön«, flüsterte Rebecca. »Auch von Mozart?«

Patrick nickte. »Ja, aus der Zauberflöte. Die musst du dir unbedingt einmal ansehen.«

Hand in Hand standen sie am Ufer.

Das Licht der Wächter führte die Freaks zu einer Geheimtür an der Uferböschung. Dahinter fanden sie einen kreisrunden Raum und ein Computerterminal. An der Wand hingen eigenartige Kleidungsstücke. Sie sahen beinahe aus wie die Raumanzüge von Astronauten, mit Helm und Handschuhen. Der Stoff war hauchdünn und wie mit Blattgold überzogen. Sonja hatte in Computerzeitschriften über solche Dinge gelesen. Trotzdem konnte sie es kaum glauben.

»Erik«, rief sie, »kann das sein? Sind das etwa . . .?«

Erik berührte ehrfürchtig die Anzüge und nickte. »Es gibt Gerüchte, dass Militär und Geheimdienste mit VR-Anzügen experimentieren. Streng geheim. Ich wusste nicht, dass Gigaplex auch daran bastelt.«

»Wahrscheinlich sind es nur Versuchsmodelle«, vermutete Sonja. »Hier in Mystery probiert Gigaplex immer das Allerneueste aus, bevor man es auf dem Markt kaufen kann.« Ihre Wangen glühten vor Aufregung. »Wir sind die Ersten, die damit spielen dürfen.«
Sonja und Erik wählten zwei Anzüge aus und streiften sie über. Dabei bemerkte Sonja, dass zwei Haken leer waren. Ganz klar, die Maulwurfszwillinge hatten sich hier bedient. Außer ihr fiel es niemandem auf.
»Es funktioniert nicht«, schimpfte Erik, nachdem er den Helm übergestülpt hatte. »Alles dunkel.«
Sonja erging es nicht besser. »Seht ihr irgendwo einen Knopf zum Einschalten?«, fragte sie unsicher. Sie nahm den Helm ab, als jemand daran klopfte.
»Bevor man ein neues Spielzeug ausprobiert, sollte man die Gebrauchsanweisung lesen«, riet Lizzy.
»Gebrauchsanweisung? Wo?«
»Dort, am Computer. Der Maulwurf hat alles genau aufgeschrieben. Während ihr es vor Ungeduld nicht erwarten konntet, habe ich den Text ausgedruckt.«
Sie las vor: »Bevor ihr euch in die Drachenburg wagt, müsst ihr die Spezialanzüge anziehen und die Kabine mit der Aufschrift ›Vorsicht, Laser!‹ betreten. Dort wird euer Körper gescannt*. Dann fahrt ihr mit dem Lift in den Untergrund. Ich rate euch: Geht nicht allein! Die Drachenburg ist riesig und unheimlich. Ich werde in der Grotte

* Scannen: funktioniert so ähnlich wie kopieren. Die Kopiedaten werden auf einen Computer übertragen und in Grafik umgewandelt. Auch dreidimensionale Körper können mit Hilfe von Laserstrahlen gescannt werden.

des Feuers auf euch warten. Ihr werdet lange brauchen, bis ihr so weit kommt, vielleicht Tage. Enttäuscht mich nicht. Nur gemeinsam können wir die letzte Aufgabe lösen.«
Sonja verlor keine Zeit. Sie marschierte schnurstracks zur Laserkabine.
»Halt, warte!«, rief Lizzy. »Weißt du, wie spät es ist? Fast ein Uhr morgens.«
Sonja konnte kein Wort verstehen. Sie schloss die Tür.
Lizzy schüttelte den Kopf. »Nein, ohne mich. Ich bin hundemüde.«
»Ich auch«, sagte Erik. »Trotzdem kann ich sie nicht allein gehen lassen.«
Lizzy zuckte mit den Schultern und gähnte. »Tut, was ihr wollt. Mir reicht es für heute. Ich leg mich erst mal aufs Ohr. Gute Nacht.« Die anderen murmelten zustimmend.
Erik folgte Sonja in die Laserkammer.

Level drei, die Drachenburg

Patrick rüttelte an dem zusammengerollten Schlafsack, aus dem ein orangeroter Haarschopf hervorlugte.
»Wach auf, wir müssen etwas unternehmen!«
»Hm?«, brummte es unwillig aus dem Schlafsack. »Verschwinde, lass mich in Ruhe.«
»Wenn du nicht sofort aufstehst, bekommst du eine kalte Dusche.«
Lizzy drehte sich auf den Rücken und gähnte. Sie hatte direkt am Ufer übernachtet, auf dem feinen, weißen Sand. Verwirrt blinzelte sie gegen die tief stehende Sonne. Die Vögel sangen und Tau lag auf dem Gras. Es musste kurz nach Sonnenaufgang sein. Ächzend zog sie den Arm aus dem Schlafsack. Mit schmalen Augen sah sie auf die Uhr.
»Mein liebes, liebstes Schnabeltier«, sagte sie gefährlich leise, »ich hoffe, du hast einen guten Grund, mich mitten in der Nacht zu wecken. Was ist los? Steht der Weltuntergang bevor? Geht es um Leben und Tod?«
»Kann man so nicht sagen, aber . . .«
»Dann verdufte, bevor ich dich zum Frühstück verspeise!«
Murrend verkroch sich Lizzy tief in ihren Schlafsack.
Patrick betrachtete sie kopfschüttelnd. »Ercan, fass mit an.«
An Schultern und Beinen wurde Lizzy hochgehoben, und ehe sie sich's versah, landete sie mitsamt ihrem Schlafsack im Wasser.

»Guten Morgen!«, rief ihr Patrick lachend hinterher.
Das Wasser war nicht kalt. Trotzdem fuhr Lizzy wie ein Wiesel aus dem Schlafsack. Prustend und spuckend kam ihr Kopf an die Wasseroberfläche.
»Bevor du mich zur Schnecke machst«, sagte Patrick, »hör mir erst zu.«
Zu seiner Verwunderung blieb Lizzy bis zum Hals im Wasser stehen und sagte kein Wort. Die Haare hingen ihr in langen, wirren Strähnen ins Gesicht. Ihre Augen glühten ihn unheilvoll an.
»Sie sind weg«, stieß Patrick hervor, »spurlos verschwunden. Wir müssen sie suchen. Alle warten nur noch auf dich. Du warst nicht wach zu kriegen. Und da dachte ich . . . Äh, was ist los? Willst du nicht aus dem Wasser kommen?«
»Steinzeitmenschen, Barbaren!«, schrie Lizzy. »Wenn ihr das nächste Mal eine Lady ertränken wollt, dann werft ihr wenigstens die Kleider hinterher!«
»Du hast nichts an?«, fragte Patrick. »Entschuldige, das haben wir gleich.« Er bückte sich nach dem Kleiderbündel.
»Wehe, du wagst es!«, rief Lizzy. »Soll ich etwa pitschnass herumlaufen?«
»Aber . . .«
»Dreht euch einfach um, klar?«
Sie tauchte nach dem Schlafsack. Natürlich war er mit Wasser voll gesogen und so schwer, dass sie ihn kaum bergen konnte. Nachdem sie ihn durch den Sand geschleift hatte, sah er aus wie ein schmutziger Lumpensack.

Während sich Lizzy anzog, erzählte Patrick, dass er und Rebecca die ganze Nacht am Strand vor der Geheimtür gewartet hatten.
»Interessant«, sagte Lizzy und kicherte. »Was habt ihr denn so getrieben, die ganze Nacht allein unten am Strand?«
»Das ist nicht witzig!«, entrüstete sich Patrick. »Wir haben vergeblich auf Sonja und Erik gewartet.«
»Haben die beiden die Nacht durchgespielt?«
»Keine Ahnung. Hoffentlich ist ihnen nichts passiert. Wir müssen sie suchen. Autsch!«
Patrick und Ercan schrien erschrocken, als Lizzy sie von hinten an den Ohren zog.
»Ja, wir werden sie suchen. Aber zuerst frühstücken wir in aller Ruhe und denken nach. Man sollte immer gut überlegen, bevor man etwas tut. Denn sonst . . .« Während sie sprach, schwang sie ihr feuchtes, zusammengerolltes Badetuch und trieb so die Jungs vor sich her. ». . . könnte es einem hinterher Leid tun«, beendete sie den Satz. Mit gespreizten Fingern machte sie einen Sprung nach vorn. Patrick und Ercan erschraken so sehr, dass sie rücklings ins Wasser fielen.

Während die Freaks noch beim Frühstück saßen, taumelte Erik aus der Geheimtür. Er sah erschöpft aus. Wie ein Mehlsack ließ er sich neben das Lagerfeuer plumpsen.
»Guten Morgen, du Nachteule«, begrüßte ihn Lizzy.
»Sonja!«, stieß er hervor. »Ist Sonja hier?«
»Nein, keine Spur von ihr. Wart ihr nicht zusammen?«

»Wir wurden getrennt. Sie ist noch unten. Ich muss ihr helfen.« Er wollte aufstehen, Lizzy hielt ihn zurück.

»Was ist passiert? Ist Sonja in Gefahr?«

»Gefahr?«, murmelte Erik nachdenklich. »Nein, das nicht. Trotzdem sollten wir sie rausholen. Ich glaube, dieses Spiel macht süchtig. Man kann nicht aufhören, verstehst du?«

»Nein, nicht ganz«, gestand Lizzy. »Das Spiel kann nicht unterbrochen werden, ehe es zu Ende ist?«

»Doch, jederzeit! Man braucht nur den Helm abzunehmen. Aber das bedeutet auch, dass man aufgibt.«

»Und Sonja denkt nicht ans Aufgeben, stimmt's?«

»Stimmt. Sie sollte längst zurück sein. Ich muss sie suchen.«

»Nichts da«, wehrte Lizzy ab. »Wir erledigen das. Du wirst vorher eine Runde schlafen.«

Widerwillig ließ sich Erik überreden. Von den anderen Freaks wollten alle außer Patrick sofort mitmachen. Weil es aber nur fünf Anzüge gab, musste der First-Super-User entscheiden. Rebecca war Lizzys erste Wahl. Es konnte nicht schaden, fand sie, wenn sich jemand in der Gruppe mit Maschinen auskannte. Auch Michael durfte mit. Lizzy hatte sich vorgenommen den klugen Dicken genau zu beobachten. Vielleicht konnte er Patrick eines Tages als Phantom-Chief nachfolgen. Ercan wählte sie aus, weil er so hartnäckig war und niemals aufgab. Jetzt blieb nur noch ein Anzug übrig.

»Ich finde es toll, dass du dich freiwillig meldest, Schnabeltier«, sagte Lizzy.

»Wer, ich?«, rief Patrick erschrocken.

»War nicht anders zu erwarten«, fuhr Lizzy ungerührt fort. »Du musst deinen Schülern ein Vorbild sein. Außerdem würdest du nie deine Liebste allein gehen lassen, stimmt's?«
Patrick warf einen scheuen Blick auf Beccy und beteuerte: »Nein, natürlich nicht.«
»Sehr schön. Dann sollten wir keine Zeit mehr verlieren. Auf in die Virtualwelt!«

Lizzy betrat die Laserkabine zuerst. Patrick ging als Letzter. Vorher fragte er Erik: »Gibt es irgendwelche Geheimtipps für dieses Spiel? Brauchen wir keine Spezialausrüstung?«
»Doch, ich empfehle dir ein oder zwei Ersatzunterhosen für den Notfall«, spottete Erik. »Es gibt einige Stellen in dem Spiel, die sind ziemlich unheimlich.«
»Sehr beruhigend«, murmelte Patrick. Weiter kam er nicht. Beccy fasste ihn an der Hand und zog ihn hinter sich her.
Die Laserkabine war ein kleiner, schmuckloser Raum, voll gestopft mit technischen Geräten. Die Freaks wurden von einer Computerstimme willkommen geheißen.
»Die Spieler können nur einzeln gescannt werden«, sagte die Stimme. »Wer beginnt?«
»Hier, ich«, meldete sich Lizzy.
»Unter welchem Namen möchtest du spielen?«
»Wildkatze.«
»Wildkatze, am Boden siehst du einen roten Kreis. Stell dich hinein und schließ die Augen. Alle anderen müssen

hinter die gelbe Gefahrenlinie zurücktreten. Du wirst gleich von einem Laserstrahl abgetastet. Keine Angst, der Vorgang ist schmerzlos. Es ist wichtig, dass du dabei die Augen fest geschlossen hältst. Die Sicherheitskontrolle von Gigaplex macht dich darauf aufmerksam, dass vorübergehende Sehstörungen auftreten können, wenn du während der Abtastung die Augen öffnest. Hast du alles verstanden?«

»Ja, verstanden.«

»Bitte, die Arme seitlich ausstrecken, die Augen schließen und möglichst wenig bewegen. Die Abtastung beginnt in drei Sekunden. Drei, zwei, eins, jetzt.«

»Müssen wir auch die Augen schließen?«, fragte Patrick.

»Nein, erst wenn du an der Reihe bist«, antwortete Rebecca. »Der Strahl hat nur wenig Energie, nicht mehr als eine Taschenlampe. Du wirst ihn nicht fühlen. Da, schau.«

Ein roter Lichtstreifen wanderte an Lizzys Körper entlang. Er begann an den Zehenspitzen und endete am Haarschopf.

»Trotzdem ist ein Laser kein Spielzeug«, fuhr Rebecca fort. »Sein Licht ist so scharf gebündelt, dass du niemals direkt hineinsehen darfst. Selbst der schwächste Laserpointer* kann dich blind machen und kein Arzt könnte dich hinterher heilen.«

»Spielerin Wildkatze wurde erfolgreich gescannt«, meldete der Computer. »Du kannst jetzt die Augen öffnen

* Laserpointer: batteriebetriebener Minilaser; wird gerne als Zeigestab benutzt

und den Kreis verlassen. Spieler zwei, bitte in den Kreis treten.«

Alle mussten diese Prozedur über sich ergehen lassen. Lizzy erklärte den Freunden, warum. »In einer VR-Welt werden alle Gegenstände, Felsen, Häuser oder Bäume aus einer Menge einzelner Punkte berechnet. Das ist an sich nichts Besonderes. Auch ein Fernseher funktioniert nicht anders. Der Unterschied besteht darin, dass die Gegenstände im virtuellen Raum dreidimensional sind. Dafür braucht man sehr viel mehr Punkte als bei einem flachen Fernsehbild. Nur ein Supercomputer wie Spirit kann die Punktewolken schnell genug berechnen. Im VR-Raum sehen wir unsere wirkliche Umgebung nicht. Der Helm macht uns blind und taub. Auch uns selbst können wir nicht sehen. Damit wir nicht als körperlose Geister durch das Spiel schweben, hat uns der Laser abgetastet. Mit den Lasermessdaten kann der Computer eine Punktewolke von uns errechnen. Wir sehen uns also nicht wirklich, sondern bloß das Computermodell unserer Körper, versteht ihr?«

»Nein, kein Wort«, antwortete Patrick. Er stand gerade unter dem Scanner und kniff die Augen zu. »Wozu müssen wir die komischen Anzüge tragen?«

»Bitte nicht bewegen und nicht sprechen«, ermahnte ihn der Computer.

»Das weiß ich nicht genau«, gestand Lizzy. »Ich vermute aber, dass feine Drähte in die Anzüge eingearbeitet sind. Die Drähte senden andauernd Signale. Dadurch kann der Computer feststellen, wenn wir uns bewegen, und die Körpergrafiken entsprechend neu berechnen.«

Ein schriller Pfeifton unterbrach sie. »Spieler Patrick konnte nicht erfolgreich gescannt werden«, plärrte es aus dem Lautsprecher. »Soll ein neuer Versuch gestartet werden?«

»Mist!«, schimpfte Patrick. »Oh, ich hasse diesen Hightechkram! Warum immer ich?«

»Weil du andauernd quasselst und herumzappelst«, spottete Lizzy. »Der Laser kann dich nicht erfassen, wenn sich deine Lippen bewegen. Kannst du nicht für eine halbe Minute die Klappe halten, ausnahmsweise?«

»Es hat keinen Sinn«, jammerte Patrick. »Wenn ich dabei bin, stürzt jedes Programm ab. Computer können mich nicht ausstehen. Die Dinger hassen mich. Ich weiß es!«

Nach langem Zureden stellte er sich noch einmal dem Laserscanner. Diesmal klappte es. Gemeinsam verließen sie die Kabine und stiegen in den Lift, der zur Kellerebene führte. Bevor sich die Lifttür wieder öffnete, tönte es aus dem Lautsprecher: »Bitte, setzt eure Helme auf. Wenn ein Spieler den Helm abnimmt oder wenn sein Bildschirm dunkel wird, ist das Spiel für ihn zu Ende. Das Programm startet in wenigen Sekunden. Gigaplex wünscht viel Vergnügen.«

»Viel Vergnügen«, äffte Patrick die Stimme nach. »Ein Horrortrip wird das! Denkt an meine Worte.«

Zuerst war nur Dunkelheit um Patrick. Dann wurde es allmählich heller und er fand sich in einem Zimmer voll altertümlicher Möbel wieder. Kästen, Truhen, Tische und Stühle standen hier wahllos herum wie in einer Rumpelkammer. Alles wirkte eigenartig grob und kantig. Selbst Gegenstände, die auf den ersten Blick rund aussahen, wurden aus unzähligen ebenen Flächen gebildet. Es sah beinahe so aus, als wären sie mit dem Messer geschnitzt. Im nächsten Augenblick entstand neben ihm, mitten aus dem Nichts, eine Gestalt. Patrick starrte verblüfft auf die Figur, die unverkennbar Lizzy darstellte. Sogar das Gesicht sah aus wie geschnitzt. Kurz hintereinander wurden die Körpergrafiken aller Spieler sichtbar.

»Kann mich jemand hören?«, fragte Patrick.
»Ich!«, antworteten vier Stimmen gleichzeitig. Die virtuelle Beccy streckte die Hand nach ihm aus. Zu Patricks Verwunderung fühlte er, wie ihre Finger seine Schulter berührten.
»Hihi!«, kicherte sie. Dabei bewegten sich ihre Lippen. »Du siehst aus wie ein riesengroßer Pinocchio.«
»Genauso fühle ich mich auch«, murrte Patrick. Er hob seine Hand und betrachtete sie. Grobe Flächen, Kanten und Ecken. »Sieht wirklich bescheuert aus!«
Währenddessen stand Lizzy vor einem Wandspiegel und betrachtete sich. »Sensationell!«, rief sie. »Ich sehe mich in einem Spiegel, der in Wahrheit gar nicht da ist.« Gleich darauf blieb ihr vor Schreck die Spucke weg. Das Spiegelbild zwinkerte ihr zu. Und dann, als wäre es das Selbstverständlichste der Welt, trat Lizzys Ebenbild aus dem Spiegel. Damit nicht genug, hüpften noch vier, fünf, sechs weitere 3-D-Grafiken heraus. Sie vermehrten sich im Sekundentakt, bis sich Lizzy weit genug von dem Spiegel entfernte.
»Lass das, Wildkatze!«, schimpfte Patrick.
»Eine von deiner Sorte genügt vollkommen.«
Lizzy lachte nur. »Guten Tag, liebe Schwestern!«, rief sie. Dabei verbeugte sie sich. Auch die Spiegelbild-Lizzys verbeugten sich. »Guten Tag, Guten Tag, Guten Tag . . .«, hörte man es vielfach wie Echos.
»Wer von euch ist nun echt?«, fragte Rebecca verwirrt.
»Ich bin es!«, antworteten alle, beinahe gleichzeitig.
»Lasst euch nicht ablenken«, riet Lizzy. »Wir müssen den

Weg zu Level vier finden, nur darauf kommt es an. Durchsucht jeden Winkel in diesem Raum.«

»Raum, Raum, Raum . . .«, plapperten die Spiegelbilder.

»Wonach sollen wir suchen?«, fragte Beccy.

»Keine Ahnung. Am besten, wir teilen uns auf. Wie ich das Schnabeltier kenne, wird er als Erster Erfolg haben. Er ist der geborene Schnüffler.«

»Schnüffler, Schnüffler, Schnüffler . . .«

»Immer ich«, murrte Patrick. Er ging zu einem Schrank und streckte die Hand danach aus. Er spürte keinen Widerstand. Seine Finger verschwanden darin, als hätte er sie in eine Flüssigkeit getaucht. Probeweise steckte er den Kopf in die Grafik. Es wurde dunkel, sonst passierte gar nichts. Als er den Kopf wieder zurückzog, war der Schrank unverändert. »Ein Spiel für Schwachsinnige! In diesem Gruselkabinett kann man nicht einmal Gegenstände anfassen.«

»Oh doch!«, sagte Lizzy. »Berühr einfach den Türgriff. Benutzt eure Hände als Mauscursor. Das ist ein Computerspiel wie tausend andere auch, bloß dreidimensional.«

»Zweidimensional, dreidimensional, mir ist das völlig egal«, brummelte Patrick. »Ich komme mit keiner Maus klar.«

Er folgte aber doch Lizzys Rat und das Wunder geschah. Die Schranktür ließ sich öffnen. Dabei knarrte und quietschte sie, als wären die Scharniere eingerostet. In dem Schrank standen Schuhe in allen Größen und Formen. Ein Paar Hausschuhe fand Patrick besonders wit-

zig. Die Dinger sahen aus wie zwei nackte Riesenfüße aus rosa Plüsch. Neugierig streckte er die Hand danach aus.
»Huch!«
»Was ist passiert?«, fragte Lizzy erschrocken.
»Tja, äh . . .«, machte Patrick. Die silbergrauen Schuhe seines Anzugs waren verschwunden. Stattdessen stand er nun auf zwei lächerlich großen schweinchenrosa Plattfüßen. »Ich kann nichts dafür!«, versicherte er. »Ich habe sie bloß angefasst. Da, so.« Vergeblich griff er nach einem anderen Paar Schuhe. Sein neues »Outfit« blieb unverändert. »Mist! Jetzt kann ich es nicht mehr rückgängig machen.«
Er watschelte einige Schritte vorwärts. »Quietsch, platsch, quietsch, pflaatsch . . .«, machten seine Füße. Dabei hinterließen sie auf dem Boden leuchtend rosa Abdrücke.
»Oje, oje«, japste Rebecca, während sie vor Lachen beinahe keine Luft mehr bekam.
»Nicht ablenken lassen«, mahnte Lizzy. »Sucht weiter.«
Umschwärmt von ihren Spiegelbildern, untersuchte sie einen Schreibtisch, auf dem eine Kerze stand. Die Kerze brannte mit unheimlich blauer Flamme. Daneben lag ein Buch mit dem Titel »Die Chronik der Drachenburg«.
Als Lizzy den Umschlag antippte, öffnete sich das Buch. Sie las ihren Freunden daraus vor: »Die Drachenburg wurde im dunklen Zeitalter der Programmentwicklung von den Zauberern des Gigaplex-Imperiums erschaffen. Du befindest dich in der Rüstkammer der Burg. Wähle deine magischen Hilfsmittel, bevor du dich auf deinen

gefährlichen Weg machst. Das versteckte Tor musst du finden, sonst wirst du auf ewig in dieser Kammer gefangen sein. Bist du phantasielos? Dann blättere zur nächsten Seite um. Für den unbegabten Zauberlehrling mag diese Chronik eine Hilfe sein, doch dauert das Studium viele Tage. Hast du Zeit oder wagst du den Weg allein mit der Macht deiner Phantasie?«

Rebecca inspizierte unterdessen ein Wandregal, auf dem einige Schmuckstücke lagen.

»Wenn sie dir gefallen, dann nimm sie«, riet Lizzy. »In dem Buch steht, wir sollen uns magische Hilfsmittel auswählen. Alles hier könnte uns helfen das Rätsel zu lösen.«

Rebecca berührte eine Kette mit einem goldenen Sonnenanhänger. Wie von Zauberhand flog das Ding hoch und legte sich um ihren Hals. Die anderen Schmuckstücke wurden unsichtbar.

Lizzy war enttäuscht. Sie hätte sich auch gerne etwas ausgesucht. Auf gut Glück öffnete sie ein Kästchen mit einem Regenbogensymbol. Ein buntes Band schwebte daraus hervor. Es schmiegte sich wie ein Gürtel um ihre Hüfte und blieb dort haften.

Ercan interessierte sich für einen Glaszylinder, in dem sich ein leuchtend roter Blitz drehte. Zögernd berührte er ihn. Sieben kleine Blitzsymbole wie aus rotem Papier geschnitten blieben dabei auf den Fingern kleben. Ercan wollte sie mit einer schnellen Handbewegung abschütteln. Das hätte er besser nicht getan.

Ein Feuerstrahl zuckte durch den Raum. Es gab einen

lauten Knall und der Tisch, der zufällig von dem Blitz getroffen wurde, zerplatzte in unzählige Splitter.
»W-was war das?«, stotterte Patrick erschrocken.
»Wow!«, rief Ercan. Begeistert hob er seine Hand, an der jetzt nur noch sechs Blitze klebten. »Soll ich noch mal?«
»Nein, lass das!« Patrick wollte sich die Ohren zuhalten, doch seine Finger stießen auf etwas Glattes, Hartes. Er hatte ganz vergessen, dass er einen Helm trug.
»Vergeude die Blitze nicht sinnlos«, sagte Lizzy. »Vielleicht können wir sie später noch brauchen.«
Die Freaks durchsuchten weiter das merkwürdige Zimmer. Sie fanden noch viele Dinge, die interessant aussahen, doch ihre Hände fassten durch sie hindurch. Nichts ließ sich mehr berühren. Lizzy vermutete, dass sich jeder Spieler nur ein einziges Hilfsmittel aussuchen durfte.
»Michael hat noch nichts gewählt«, stellte Ercan fest. »Der Kerl träumt mal wieder vor sich hin. He, aufwachen!«
Michael hatte bisher kein Wort gesagt, aber untätig war er nicht. Er tastete sich an den Wänden entlang. Im Gegensatz zu den Möbeln waren die Wände echt. Er konnte sie anfassen. Er sah, dass da Bilder und Wandteppiche hingen, doch durch den Stoff der Handschuhe fühlte er eine raue, kalte Oberfläche. Vermutlich war es Beton.
»Such dir bitte etwas aus, Michael«, sagte Lizzy. »Vielleicht kann das Spiel erst weitergehen, wenn alle ein magisches Hilfsmittel gewählt haben.«
Michael entschied sich für einen Käfig, in dem ein Papagei saß. Der Vogel hatte den Kopf unter einen Flügel ge-

steckt und schnarchte leise. Als ihn Michael mit dem Finger antippte, wurde er munter, und wie!

»Lass mich in Ruhe!«, krächzte er.

Kopfschüttelnd betrachtete Michael das virtuelle Tier von allen Seiten.

»Glotz mich nicht so an, du Störenfried!«, beschimpfte ihn der Papagei. »Und spar dir deine Fragen für dringende Fälle auf. Diesen einen Rat gebe ich dir gratis: Von nun an hast du drei Fragen frei, nicht mehr. Merk es dir.«

Die Vogelgrafik sträubte die Federn und hackte angriffslustig nach Michaels Finger. Michael ließ sich davon nicht aus der Ruhe bringen. Er tastete weiter die Wände ab. Dabei wurde er von den kichernden Spiegel-Lizzys umschwärmt.

»In diesem Irrenhaus verlieren wir noch alle den Verstand«, beschwerte sich Patrick. »Erik war gemeinsam mit Sonja hier. Er muss wissen, wo die geheime Tür ist. Warum gehen wir nicht zurück und fragen ihn?«

»Ohne mich«, sagte Lizzy. »Ich lasse mich nicht von ihm auslachen.«

»Auslachen, auslachen, auslachen . . .«, wiederholten die Spiegelbilder. Es klang wie Hohn.

»Wenn keine Tür da ist, dann schaffen wir uns selbst eine«, schlug Ercan vor.

Patrick sah ihn misstrauisch an. »Wie stellst du dir das vor? Willst du ein Loch in die Wand bohren?«

»Warum nicht? Wir setzen ein magisches Hilfsmittel ein.«

Ehe jemand widersprechen konnte, schleuderte Ercan ei-

nen Blitz. Mit einem Donnerschlag prallte der Feuerstrahl von der Wand ab. Haarscharf zuckte er an Patrick vorbei und zerschmetterte das Pult mit dem Buch.
»Wahnsinniger! Willst du mich umbringen?«
»Beruhige dich«, mahnte Lizzy. »Es ist nur ein Spiel.«
Niemand achtete auf Michael. Langsam, aber gründlich tastete er sich an der Mauer entlang. Es störte ihn nicht, wenn seine Körpergrafik mit einem Möbelstück verschmolz und die Bildschirme dunkel wurden. Als er zu dem Spiegel kam, griff er plötzlich ins Leere.
»Geh weg von dem Spiegel«, warnte Rebecca. »Oje, da haben wir den Salat!« So wie vorhin bei Lizzy hüpften nun die Spiegelbilder von Michael durch das Zimmer.
»Es werden immer mehr!«, rief Ercan. »Geh da weg, sonst ist das Zimmer bald voll von deinen Kopien.«
Michael verschwand tatsächlich, aber nicht so, wie es die anderen erwartet hatten. Er trat mitten durch den Spiegel, wurde einfach von ihm verschluckt. Im gleichen Augenblick lösten sich die Kopien auf.
Die Freaks folgten Michael und landeten in einem schier endlos langen, unheimlichen Korridor. Ein roter Teppich lag auf dem Boden. Holzvertäfelungen schmückten die Wände. Schwarze Säulen, umschlungen von Drachenfiguren, stützten die Decke. Vor jeder Säule stand eine Ritterrüstung. Brennende Fackeln, die in eisernen Wandhalterungen steckten, tauchten alles in ein spärliches, flackerndes Licht. An den Wänden hingen Bilder, auf denen Frauen, Männer und Kinder in altertümlicher Kleidung zu sehen waren. Darunter standen Schriftzeichen. Lizzy

konnte sie nicht entziffern, es war zu dunkel. Erst als sich Rebecca näherte, wurde es heller. Das Sonnensymbol an ihrer Halskette leuchtete in einem warmen gelben Farbton.

»Das Ding ist hübsch«, sagte Lizzy. »Komm her. Ich will sehen, was da steht.«

»Rick Jefferson, Software-Wizard Nr. 7, Erbauer dieses Korridors«, las Beccy vor.

Lizzy schnaufte enttäuscht. »Hier haben sich die Programmierer von Gigaplex einen Scherz erlaubt und Bilder von sich selbst aufgehängt. Kommt, gehen wir weiter.«

Nah beieinander schritten sie durch den düsteren Korridor. Niemand sprach, niemand wollte seine Angst eingestehen. Und doch hatten alle ein flaues Gefühl im Magen. Geschnitzte Drachenköpfe und Bilder von Fabelwesen starrten sie an. Das Licht der Fackeln spiegelte sich im Metall der Rüstungen. Lizzy begann zu schwitzen. Nie hätte sie solche Spezialeffekte erwartet. Es war ein Riesenunterschied, ob man eine Phantasiewelt auf dem Monitor erlebte oder ob man mittendrin war. Rebecca ging mit der Sonnenkette voran. Links und rechts gab es Türen, doch sie marschierte stur geradeaus. Patrick hielt Beccys Hand fest, damit sie sich nicht fürchtete. Oder war es umgekehrt? Lizzy und Michael folgten. Den Abschluss bildete Ercan. Immer wieder drehte er sich nervös um.

Es sind Trugbilder, weiter nichts, dachte er. Das Programm ist nicht einmal gruselig. Vor dem Fernseher würde ich bloß darüber lachen. Verflixt, was ist los mit mir?

Aber es war eben nicht wie fernsehen, ganz und gar nicht! Allmählich gewöhnten sich die Spieler an die seltsame Umgebung. In ihren Gehirnen verschmolz die virtuelle Welt immer perfekter mit der Wirklichkeit. Je länger das Spiel dauerte, desto nervöser wurde Ercan. »Dieser Korridor ist stinklangweilig«, beschwerte er sich. »Sollten wir nicht nachsehen, was hinter den Türen steckt?«

Lizzy hörte an seiner Stimme, dass er sich nicht langweilte, sondern einfach nur Angst hatte. »Wir gehen weiter, bis wir Sonja finden«, entschied sie. »Vergiss die Seitentüren. Sonja wählt immer zuerst den geraden Weg. Ich kenne sie.«

»Du bist der Boss«, sagte Ercan, »aber ich habe ein ungutes Gefühl, die ganze Zeit schon. Ich glaube, wir werden verfolgt. Und die Bilder . . . die sehen uns an.«

»Das bildest du dir nur ein.«

»Nein, das mit den Bildern stimmt«, bestätigte Rebecca. »Einige davon sind lebendig. Wenn du genau hinsiehst, blinzeln sie dir zu, schneiden Grimassen oder strecken die Zunge heraus. Lustig, nicht?«

»Ja, urkomisch«, murmelte Patrick. Er tippte eines der Bilder an. Eine junge Frau mit Brille war darauf abgebildet. »Klick!«, machte es. Danach rollte sich das Bild langsam auf wie ein Rollladen. Darunter kam Patricks erschrockenes Gesicht zum Vorschein.

»Sieht so aus, als wärst du gerade fotografiert worden«, sagte Rebecca.

Ercan nutzte die Pause, um eine Ritterrüstung zu betrachten. Schließlich griff er nach dem Schwert, das der Ritter in der Hand hielt. Die Schwertgrafik ließ sich tatsächlich hochheben. Ercan spürte das Gewicht nicht. Er fühlte auch nicht den Griff in seiner Faust, aber er konnte die Klinge sehen und sie bewegen. Nur so zum Spaß schlug er nach der Rüstung und zerteilte sie mühelos in zwei Hälften.

»Rums!«, dröhnte es hinter ihm. Die Ritterrüstung an der nächsten Säule wurde lebendig. Klirrend stapfte sie auf die Freaks zu.

»Ha!«, rief Ercan. Er lief dem virtuellen Ritter entgegen und schwang seine Schwertgrafik. Der Ritter zog ebenfalls das Schwert und griff den Jungen an. Ercan parierte den ersten Streich und schlug sofort zurück. Dabei bemerkte er, dass er bei diesem Gefecht einen unschätzbaren Vorteil hatte. Das Schwert des Ritters konnte Ercans Hiebe nicht abfangen, weil es eben nur eine Computergrafik war. Umgekehrt war es aber schon möglich. Der Junge konnte sich verteidigen, der Computergegner nicht.

»Supercool!«, jubelte er. »Einfach toll!«

Doch so einfach, wie er sich die Sache vorgestellt hatte, wurde es nicht. Zu seiner Bestürzung bemerkte Ercan, dass der Ritter wieselflink war. Mühelos wich er aus und drängte den Spieler mit geschickten Hieben zurück. Als letzten Ausweg schleuderte Ercan einen Blitz auf ihn. Die Rüstung zerplatzte in einem Funkenregen.

»Rums, rums!«, machte es. Zwei weitere Rüstungen wurden lebendig. Ercan ging kein Risiko mehr ein und erledigte sie mit seinen Blitzen, lange bevor sie ihn erreichten.

»Für jeden, den ich besiege, werden zwei neue wach«, stellte Ercan fest. »Und ich habe nur noch zwei Blitze.«

»Rums, rums, rums, rums!«, dröhnte es in rascher Folge. Von den Enden des Korridors stapften noch einmal vier Ritter heran.

»Wunderbar gemacht, Ercan, immer schön feste draufhauen!« Patrick applaudierte spöttisch. »Wie wär's, wenn du öfter mal nachdenkst, bevor du den Helden spielst?«

»Na und? Wenigstens ist es jetzt nicht mehr langweilig.«

»Ja, dafür werden wir gleich von wild gewordenen Eisenmännchen erschlagen. Warum musstest du unbedingt mit denen Streit anfangen?«

»Wer, ich? Ich habe doch nur . . .«

»Ruhe jetzt!«, unterbrach Lizzy. »Wir müssen uns schnell was einfallen lassen. Die Ritter kommen von zwei Seiten. Wir sitzen in der Falle.«

»Warum siehst du mich dabei an?«, fragte Patrick. »Immer muss ich es ausbaden, wenn andere Streit anfangen. Glaubst du, man kann mit einer Computergrafik verhandeln?«

Lizzy schüttelte den Kopf. »Ich fürchte, mit denen ist nicht gut Kirschen essen.«

»Was schlägst du vor?«

»Wir geben Fersengeld.« Lizzy öffnete die nächste Seitentür. Die Freaks flüchteten in eine Bibliothek.

»Sackgasse«, murmelte Patrick enttäuscht. »Hoffentlich können die Eisenheinis keine Türen öffnen.«

»Darauf würde ich nicht wetten«, flüsterte Beccy. Sie zeigte auf die Tür. Gerade in diesem Augenblick bewegte sich die Klinke. Ercan stellte sich vor den Eingang und blockierte ihn. Das wirkte einstweilen. Die Ritter konnten nicht herein. Sie klopften aber wie wild an die Tür.
»Helft ihm«, sagte Lizzy. »Verbarrikadiert den Eingang mit Möbeln.«
Sie versuchten es. Die Truhen und Schränke ließen sich zwar öffnen, aber nicht bewegen. Beccy quietschte vor Schreck, als plötzlich ein halb durchsichtiges Gespenst aus einem Kasten schwebte.
Der Geist rollte die Augen und grinste. Dann löste er sich einfach auf.
Immer lauter wurde das Poltern an der Tür. Sie bekam Risse.
»Schneller!«, rief Ercan. »Die Tür geht kaputt!«
Hektisch sprangen die Freaks von einem Schrank zum anderen. Nirgendwo fanden sie etwas Brauchbares. Nur Michael blieb ruhig. Er öffnete den Käfig und tippte den schnarchenden Papagei an. »Wer stört?«, krächzte der Vogel.
»Ich hätte da eine Frage«, sagte Michael. »Gibt es in dieser Kammer eine Geheimtür?«
»Nein«, antwortete der Papagei.
»Wie kann man den Rittern, die uns verfolgen, entkommen?«
»Der, der sie aufgeweckt hat, muss sie mit dem Schwert besiegen«, krächzte der Vogel. »Und zwar alle fünfzig.«
»Was denn, fünfzig?«, rief Ercan. »Das ist unmöglich!«

»Gibt es noch einen anderen Weg, um uns zu retten?«, fragte Michael.
»Trennt euch«, riet der Papagei. »Die Ritter wollen nur den haben, der sie geweckt hat. Sie werden ihm folgen.«
»Alles klar«, sagte Ercan. »Ich habe uns die Suppe eingebrockt und muss sie allein auslöffeln.«
Er sprang von der Tür weg und wich in die hinterste Ecke der Bibliothek aus. Nacheinander marschierten die Ritter herein. Sie stapften alle in Ercans Richtung. Michael wollte den Papagei um Rat fragen, aber in diesem Moment verschwand der Käfig. Die drei Fragen waren verbraucht.
Michael rannte auf den Korridor. Dort standen noch immer einige Rüstungen bewegungslos vor den Säulen. Sie würden erst munter werden, wenn Ercan einen ihrer »Brüder« besiegte. Michael schnappte sich das Schwert des Ritters und rannte zur Tür. Schwere Schritte folgten ihm.
In der Bibliothek standen Lizzy, Patrick und Beccy immer noch ratlos herum, während Ercan mit den Rittern Katz und Maus spielte.
»Verschwindet!«, rief er den Freunden zu. »Rasch, so lange ihr könnt.«
»Er hat Recht«, sagte Lizzy. »Das ist nur ein Computerspiel. Es hat keinen Sinn, wenn wir alle gleichzeitig verlieren.«
»Nein, ich lasse ihn nicht allein«, widersprach Michael. »Wir Phantome müssen zusammenhalten.«
Lizzy nickte. Sie sah ein, dass sie ihn nicht umstimmen konnte. Gemeinsam mit Patrick und Rebecca verließ sie

das Zimmer. Sie gingen den Korridor entlang, während hinter ihnen ein Höllenlärm tobte. Ercan schleuderte seine letzten Blitze. Zwei Ritter explodierten. Der Junge schlüpfte durch die entstandene Lücke und stellte sich neben Michael.

»Alle Achtung, Kumpel«, sagte er. »Hätte nie gedacht, dass du so ein Kämpfer bist.«

»Ich auch nicht«, murmelte Michael.

Dann blieb keine Zeit mehr für eine Unterhaltung. Ercan und Michael verteidigten die Tür, so gut sie konnten. Sie hatten nicht die geringste Chance gegen die Übermacht. Es dauerte nur Sekunden, bis sie von den Schwertgrafiken der Ritter getroffen wurden. Es wurde dunkel.

»Ercan und Michael, game over!«, tönte es aus den Helmlautsprechern. »Bitte nehmt den Helm ab und folgt den roten Pfeilen zum Ausgang. Verhaltet euch ruhig. Die anderen Spieler dürfen nicht berührt werden. Es ist neun Uhr zehn. Verbrauchte Spielzeit: einundzwanzig Minuten und zehn Sekunden. Gigaplex wünscht noch einen schönen Tag.«

»Ercan, bist du in Ordnung?«, fragte Michael. Der große Junge sah ungewöhnlich blass aus.

»Wo sind wir hier?«, fragte er verwirrt.

Sie befanden sich in einem leeren Raum. Dicht unter der Decke hingen Geräte, die wie Kameras aussahen. Die Ritter, die Möbel, alles war verschwunden. Nur die Tür war an derselben Stelle. Allerdings war es keine geschnitzte Holztür mehr, sondern ein nackter Stahlrahmen ohne Türblatt.

»Komm, wir müssen da lang«, sagte Michael.
Die beiden folgten den Schildern mit der Aufschrift »Exit«. In Wirklichkeit war der Korridor, der ihnen in der Drachenburg so unheimlich erschien, eine gewöhnliche Tunnelröhre aus Beton. Andere Tunnels und Türen zweigten ab.
»Wie groß mag dieses Labyrinth sein?«, fragte Ercan.
»Keine Ahnung«, antwortete Michael. »In der VR-Welt könnten wir mehrmals dieselben Wege gehen und trotzdem immer etwas anderes sehen, je nachdem, was uns der Computer vorspielt. Schau, da vorne ist schon der Lift.«

Nicht weit von ihnen standen Lizzy, Patrick und Rebecca unschlüssig in einem kreisrunden Raum. Bisher waren sie einfach geradeaus gegangen, doch nun wussten sie nicht mehr weiter. Sechs Korridore kreuzten sich hier. Sie sahen alle gleich aus. Es war ein Ort, an dem man völlig die Orientierung verlieren konnte. Wären die Abdrücke von Patricks Riesenlatschen nicht gewesen, hätten sie auch nicht mehr gewusst, aus welcher Richtung sie gekommen waren.
»Da haben wir aber Schwein gehabt«, sagte Patrick. Er betrachtete die eigenartigen Füße. »Mit den Dingern können wir uns in keinem Labyrinth verirren.«
»Wir werden noch mehr Glück brauchen«, sagte Lizzy. »Wenn ich bloß wüsste, wohin Sonja gegangen ist.«
»Wer sagt dir, dass sie überhaupt bis hierher kam?«, fragte Rebecca.

»Niemand«, gab Lizzy zu. Ärgerlich beobachtete sie, wie der neugierige Patrick in jeden Korridor ein Stück hineinlief. Überall hinterließ er dabei seine rosafarbenen Fußspuren. »Steh sofort still, Schnabeltier! Du verdirbst noch alles.«

Aber Patrick hörte nicht auf sie. Er winkte und rief: »Kommt her, ich hab's gefunden! Sonja war hier. Seht doch!«

Er zeigte auf ein Bild an der Wand. Lizzy schnaufte überrascht. Das war eindeutig Sonjas Gesicht.

Hatte sie mit Absicht eine Spur hinterlassen oder hatte sie das Bild nur aus Zufall berührt? Einerlei. Wenigstens wussten sie, wo sie suchen mussten. Voller Hoffnung bogen sie in den Korridor ein. Sie gelangten zu einem Torbogen aus zwei ineinander verschlungenen Drachen, traten hindurch und fanden sich in einem Garten wieder.

»Wunderschön!«, rief Rebecca begeistert.

Wie ein Schwalbennest klebte der Garten an der Außenmauer einer mächtigen Burg. Eine brusthohe Steinmauer umgab ihn. Dahinter ragten düstere schwarze Türme in den Himmel. Die Burg stand auf dem Gipfel eines Berges. In weiter Ferne schimmerten Wälder und Wiesen. Schäfchenwolken zogen am strahlend blauen Himmel dahin. Insekten summten und Vögel sangen.

»Wie ist das möglich?«, fragte Patrick. »Bilde ich mir das ein oder spüre ich Sonne und Wind im Gesicht?«

»Heizgeräte und Ventilatoren im Helm«, erklärte Lizzy. »Es ist wie bei dem Drachenspiel auf Level eins.« Sie

sprang auf die Mauer und genoss den Blick in die Tiefe.
»Sieht gut aus.«
»Bist du noch zu retten?«, rief Patrick. »Wenn du ausrutschst, dann . . .«
»Was dann?«, fragte Lizzy lachend. »Glaubst du etwa, die Gigaplex-Ingenieure haben einen echten Abgrund eingebaut? Lass dich nicht verrückt machen. Vergiss nie, dass es nicht die Wirklichkeit ist.« Sie streckte die Arme seitlich aus und balancierte auf der Mauer wie auf einem Schwebebalken. Dann schlug sie ein Rad. Patrick schloss die Augen.
»Bitte mach so was nicht. Du weißt, ich habe Höhenangst.«
»Nun, dann hast du ein Problem«, sagte Lizzy. »Ich habe gerade den Weg gefunden, der von hier bis zum nächsten Turm führt. Er wird dir nicht gefallen, schätze ich.«
Patrick spähte über die Mauer und stöhnte. »Nein, das ist hoffentlich nicht dein Ernst?« Ihm stockte der Atem, als die Wildkatze den schmalen Mauervorsprung betrat. Nur einen halben Meter breit war das Band, das sich an die Außenmauer der Burg schmiegte. Der halsbrecherische Pfad hatte kein Geländer. Darunter gähnte senkrecht der Abgrund.
»Nein, nein und nochmals nein!«, rief Patrick.
Lizzy beachtete ihn nicht. Leichtfüßig lief sie voraus.
»Folgt mir. Es ist ganz einfach.«
»Tu's für mich, Patrick«, bat Rebecca. Sie gab ihm einen Kuss, nahm ihn an der Hand und zog ihn mit sich.
Liebe macht blind, dachte Patrick, als er auf das Mauer-

band trat. Seine Knie zitterten. Nach ein paar mutigen Schritten machte er einen verhängnisvollen Fehler: Er sah nach unten. Ab diesem Moment stand er schwer atmend mit dem Rücken an die Mauer gepresst und rührte sich nicht mehr von der Stelle.

»Wo bleibt ihr?«, fragte Lizzy.

»Du musst mir helfen«, bat Rebecca. »Patrick ist an der Wand festgewachsen.«

»Komm schon, Schnabeltier!«, rief Lizzy ungeduldig.

»Ich kann nicht«, presste Patrick hervor.

»Der Abgrund ist doch nicht echt. Du wirst nicht fallen.«

»Ich kann trotzdem nicht.«

»Und wenn du die Augen schließt?«, fragte Beccy.

»Sie sind schon zu.«

»Gut. Jetzt stell dir vor, du stehst an der Wand eines U-Bahn-Tunnels.«

»So ist es tatsächlich«, ergänzte Lizzy. »Du brauchst dir nur die Wirklichkeit vorzustellen, weiter nichts.«

»Ich versuche es«, murmelte Patrick.

»Und nun machst du einen Schritt seitwärts«, sagte Rebecca. »Keine Angst, ich halte deine Hand. Ja, so ist's brav. Und jetzt noch einen.«

»Beeilung bitte!«, rief Lizzy. »Seht mal, was da kommt.«

Rebecca blickte in die angegebene Richtung. »Fledermäuse?«, fragte sie unsicher.

Patrick schwante Übles. Rebecca war nie auf Level eins gewesen, er schon. Wider besseres Wissen öffnete er die Augen. »Das sind keine Fledermäuse«, keuchte er. »Das sind . . . Aaah, Hilfe!«

Er sah direkt in das Riesenmaul des Feuerdrachens, der auf ihn zuflog. Er spürte den Luftzug, als das Biest knapp vor der Mauer abdrehte. Vorher ließ es noch einen Feuerstrahl aus seinem Maul fauchen. Mit Getöse stürzte der Terrassengarten in den Abgrund. Der Rückweg war versperrt.

»Schnell, schnell, beweg dich endlich!«, rief Lizzy.

Patrick holte tief Luft und rannte. Da raste schon der zweite Drache heran. Diesmal schlug der Feuerstrahl direkt über ihren Köpfen ein. Virtuelle Steine und Mauerstücke prasselten auf sie herab. Lizzy stoppte ihren Lauf. Patrick hatte nicht damit gerechnet und prallte auf sie. Beide kämpften um das Gleichgewicht. Ein Riesenloch klaffte in dem Mauerband, viel zu breit, um es zu überspringen.

»Entzückend«, murmelte Lizzy. »Jetzt können wir weder vor noch zurück.«

»Wir haben noch ein anderes Problem«, erinnerte Rebecca sie. »Vergiss nicht . . .«

Ihre Worte wurden von einem Donnergrollen übertönt. Wieder schlug ein Feuerstrahl ein. Diesmal war es so nahe, dass Patrick die Hitze spürte.

»Ich fürchte, das war's«, sagte Lizzy. »Jetzt könnten wir einen von Ercans Blitzen gut gebrauchen. Haben wir noch ein magisches Hilfsmittel, das wir einsetzen können?«

»Machst du Witze?«, fragte Patrick. Er sah auf seine Riesenfüße und kicherte. Merkwürdigerweise fühlte er kaum noch Angst. Vielleicht war das die Aufregung.

Lizzy erinnerte sich an ihren Gürtel. Sie hatte keine Ahnung, wofür das bunte Band gut war, doch ein Versuch konnte nicht schaden. Als sie es berührte, rollte es sich wie eine Schlange in ihrer Hand zusammen. Weil ihr nichts Besseres einfiel, schleuderte sie das Band dem anfliegenden Drachen entgegen. Es verwandelte sich in einen Regenbogen. Vorsichtig setzte Lizzy einen Fuß darauf. Die magische Brücke hielt. Der Drache ließ sich davon aber nicht beeindrucken. Er spie Feuer.

»Schnell, kommt zu mir!«

Es war zu spät. Das Mauerband zerbrach, bevor sich ihre Freunde auf den Regenbogen retten konnten. Die Helmbildschirme wurden dunkel. »Patrick und Rebecca, game over«, meldete die Computerstimme.

»Was du nicht sagst«, flüsterte Patrick. Als er den Helm abnahm, war sein Gesicht schweißnass.

Sekunden später nahm auch Lizzy den Helm ab. »Das Biest hat mich noch auf der Regenbogenbrücke erwischt«, erzählte sie. »Beim nächsten Mal dürfen wir nicht zögern. Wir müssen lossprinten, bevor der Drache heran ist.«

»Für mich gibt es kein nächstes Mal«, wehrte Patrick ab. »Ich behindere euch nur. Wenn ich nicht solche Angst gehabt hätte, wäre es nicht schief gegangen.«

»Hinterher ist man immer schlauer«, tröstete ihn Rebecca. »Ich finde, du hast dich sehr gut gehalten.«

Als die drei Spieler den Ausgang erreichten, sahen sie zu ihrer großen Erleichterung Sonja vor sich stehen. Sie wirkte ganz frisch. Keine Spur von Erschöpfung oder Stress.

»Ich habe mich eine Weile hingesetzt, weil ich so müde war«, erzählte sie. »Dabei muss ich eingenickt sein. Tut mir Leid, dass ihr euch meinetwegen Sorgen gemacht habt.«

»Na, die hat vielleicht Nerven!«, schimpfte Patrick. »Setzt sich gemütlich hin und schnarcht, während wir beinahe erschlagen, gegrillt und in den Abgrund geworfen werden. Ich könnte in diesem Gruselschloss kein Auge schließen.«

»Hauptsache, du bist wieder da«, sagte Lizzy. »Hat es sich wenigstens gelohnt? Hast du das Spiel gelöst?«

»Nicht ganz, doch ich kenne jetzt den Weg. Das Tor nach Twilight liegt im Verlies der Drachenburg verborgen. Dort, in der Halle des Feuers, bin ich zuletzt gescheitert.«

»Was ist Twilight?«, fragte Lizzy. Sie hatte dieses Codewort bisher noch nicht gehört.

»Level vier«, erklärte Sonja. »Das virtuelle Universum.«

Lizzy sah sich nach Erik um. Der schüttelte nur stumm den Kopf. Er wusste ebenfalls nichts.

»Wir können die Drachen nur gemeinsam besiegen, wenn überhaupt«, sagte Sonja.

»Ich schlage vor, wir ruhen uns einen Tag aus und versuchen dann unser Glück.«

»Ohne mich«, beteuerte Patrick. »Ich gehe nicht mehr da runter, nie wieder.«

»Und ich gehe nicht ohne dich«, schloss sich Rebecca an.

»Ich habe auch genug«, sagte Michael.

»Großartig!«, rief Erik. »Dann bleibt genug Platz für mich.«

Sonja nickte. »Zwei Plätze sind jetzt noch frei. Wer will es versuchen?«
»Ich, ich!«, schrie Atü.
»Das fehlt noch«, schnaufte Beccy. »Da unten ist schon genug Action. Ich darf gar nicht daran denken, was du neugieriger Wichtelzwerg dort alles anstellen könntest.«
»Du bist nur meine Schwester. Ich muss dir nicht gehorchen!«, rief Atü trotzig. »Wenn du runterdarfst, darf ich es auch. Bin ich ein Freak oder nicht?«
»Eine Nervensäge bist du. Ich sage Nein und dabei bleibt es. Wenn du nicht sofort spurst, sage ich es Mami und du darfst nie mehr in den Park.«
»Haha!«, lachte Atü. »Und ich erzähle Mami, dass du einen Freund hast und mit ihm herumschmust. Dann werden wir ja sehen, wer nicht mehr hierher darf.«
»Na und? Tu's doch! Ich bin alt genug. Mami wird dasselbe sagen.« Rebecca lachte, aber es klang nicht sehr selbstbewusst. Sie war sich ganz und gar nicht sicher, wie ihre Mutter in dieser Sache reagieren würde. So etwas musste man seinen Eltern schonend beibringen. Bloß, wie? Hilfe suchend schielte sie zu Lizzy.
»Vergiss es, Kleiner«, sagte Lizzy und schüttelte bedauernd den Kopf. »Es ist kein VR-Anzug da, der dir passt.«
»Kein Problem«, behauptete Atü. »Wir können einen Anzug mit Klebebändern abbinden. Dann passt er bestimmt.«
Lizzy schluckte. Sie wusste nicht, was sie sagen sollte.
Sonja applaudierte lachend. »Du hast gewonnen, Klei-

ner. Von mir aus darfst du mit. Aber vorher musst du dich bei deiner Schwester entschuldigen. Versprich ihr, dass du sie nie verpetzt.«
»Es tut mir Leid, Beccy!«, rief Atü wie aus der Pistole geschossen. »Ich werde dich nicht verpetzen, wenn du weiterhin mit Jungs rummachst oder . . .«
»Das reicht jetzt!«, unterbrach Rebecca rasch.
»Sie hat nicht Nein gesagt!«, jubelte Atü. »Ich darf mit! Stimmt doch, oder?« Er sah sich herausfordernd um.
»Ich bin dafür«, sagte Erik.
»Klar doch!«, rief Patrick. »Ihr könnt ihn im Notfall an die Drachen verfüttern.«
Jetzt fehlte noch das Einverständnis des First-Super-Users. Atü sah Lizzy treuherzig an. Sie musste lachen.
»Also meinetwegen«, seufzte sie. »Das hat uns gerade noch gefehlt. Meldet sich noch jemand freiwillig?«
Sonja hob die Hand. »Ich glaube, es wäre nicht schlecht, wenn wir einen Profispieler mit dabeihätten. Ich denke da an die Joystickwirbler von Ostende.«
Die Joystickwirbler waren Kids, die nur nach Mystery kamen, um hier gratis mit den Gigaplex-Computern zu spielen, die zu den schnellsten und teuersten der Welt zählten. Sie hatten nie den wilden Au-Dschungel gesehen, nie den Park mit einem Floß erforscht oder ein Lagerfeuer angezündet. Kein Joystickwirbler schloss sich den Freaks an, obwohl gute Hacker darunter waren. Sie interessierten sich bloß für die Spieleautomaten im Verwaltungsgebäude Ostende.
»Wenn ich ihnen von einem Spiel im virtuellen Raum er-

zähle, werden sie darum betteln, mitmachen zu dürfen«, vermutete Sonja.

»Darauf kannst du wetten«, knurrte Lizzy. »Bloß, wie willst du sie wieder loswerden? Sie werden Spirit belagern. Sie werden vor der Laserkammer Schlange stehen, dauernd spielen und alles andere vergessen. Ich kenne diese Typen.«

»Ja, das stimmt«, gab Sonja zu. »Wir müssen es nicht unbedingt jedem in Ostende erzählen. Einer reicht. Wir haben ohnehin nur noch einen Anzug übrig.«

»Das gefällt mir nicht«, murmelte Lizzy. »Diese Spieler sind Einzelgänger. Man kann sich nicht auf sie verlassen. Sie hören einem nie richtig zu. Willst du ihnen wirklich das Geheimnis von Spirit anvertrauen?«

»Ich war auch einmal eine Einzelgängerin«, gab Sonja zu bedenken. »Bitte, Wildkatze, ich weiß, was ich tue.«

Lizzy ließ sich schließlich überreden. Zutiefst erleichtert verabschiedete sich Sonja von ihren Freunden und machte sich auf den Weg nach Ostende. Nicht umsonst hatte sie sich so leidenschaftlich für die Joystickwirbler eingesetzt.

Ich habe meine Freunde nicht belogen, dachte sie, während sie in der U-Bahn saß. Allerhöchstens habe ich ein paar »Kleinigkeiten« ausgelassen.

Sie lehnte sich im Waggonsitz zurück und lächelte, als sie an die haarsträubenden Dinge dachte, die sie in den letzten Stunden erlebt hatte. Wie war das noch gewesen? Sie war in der Drachenburg eingenickt. Und dann . . .

Der Pakt der Maulwürfe

Vor ein paar Stunden war es gewesen, vor Sonnenaufgang. Patrick und Beccy standen gerade Händchen haltend am Strand und Lizzy schnarchte noch friedlich. Auch Sonja schlief. Sie befand sich immer noch in der Drachenburg, direkt am Eingang zum großen Rittersaal. Sie erwachte, als sie eine sanfte Berührung an der Schulter spürte. Obwohl der Computer nur ein grob geschnitztes Gesicht aus dem Laserscanner errechnete, erkannte Sonja die Besucherin an dem langen blonden Haar.

»Hallo, Igel. Ich habe geahnt, dass ich dir hier begegne.« Die Lippen des Mädchens bewegten sich. Sonja schüttelte bedauernd den Kopf.

»Tut mir Leid. Die Grafik ist nicht so gut, dass ich von deinen Lippen lesen könnte. Das wird eine sehr einseitige Unterhaltung, fürchte ich. Sollen wir die Helme abnehmen und das Spiel beenden?«

Die Blonde schüttelte den Kopf. Sie streckte beide Handflächen nach vorn, was so viel bedeutete wie »Warte, ich habe eine Idee«. Dann drehte sie sich halb um, streckte die Hand aus und krümmte den Zeigefinger.

»Ich soll dir folgen?«, fragte Sonja.

Das Mädchen nickte. Seite an Seite wanderten sie durch das virtuelle Labyrinth. Nicht ein einziges Mal zögerte die Blonde bei einer Weggabelung. Sie musste sich hier gut auskennen. In einer »Rüstkammer« machte sie Halt. Sonja kannte das Spiel mittlerweile gut genug. Sie wuss-

te, dass man sich aus einer solchen Kammer ein magisches Hilfsmittel mitnehmen durfte.
»Was soll ich auswählen?«, fragte sie.
Das Mädchen griff nach einem blauen Würfel. Er war ungefähr so groß wie Sonjas Faust. Auf jeder Seitenfläche standen die Buchstaben »ABC«. Gleich darauf schwebte ein Band aus blauen Buchstaben aus ihrem Mund.
»Kannst du mich jetzt verstehen?«, stand da, mitten in die Luft geschrieben.
Man musste schnell lesen, denn nach wenigen Sekunden schwebten die Buchstaben davon und verblassten.
Sonja konnte ihr Glück kaum fassen. Die Software-Ingenieure von Gigaplex hatten tatsächlich an gehörlose Menschen gedacht, als sie dieses Spiel programmierten. Sie nahm sich vor ihnen einen Brief zu schreiben und sich zu bedanken.
»Ja, ich verstehe dich«, antwortete sie. »Ich habe noch nie jemanden so gut wie dich gehört.«
Aus dem Mund des Mädchens schwebte ein blaues Strichmännchen, das sich vor Lachen krümmte.
»Du findest diese Würfel in jeder Rüstkammer«, sprudelten die Worte heraus. **»Es sind genug da, für alle deine Freunde. So wie die Würfel haben auch die Buchstaben verschiedene Farben, damit du immer weißt, welche Worte von wem stammen.«**
»Danke«, sagte Sonja. Sie tippte selbst einen Würfel an. »Du hast mir sehr geholfen.«
»Du hast mir sehr geholfen«, schwebten die Buchstaben orangerot aus ihrem Mund.

»Das ist toll. Wenn das meine Sprachlehrerin sehen könnte! Sie wäre ... nun ja, sprachlos.«
Als Antwort erschien wieder das lachende blaue Strichmännchen.
»Wie soll ich dich nennen?«, fragte Sonja. »Datenmaulwurf? Igel? Igel eins oder Igel zwei? Wo ist deine Zwillingsschwester?«
»Wir haben nicht damit gerechnet, dass du so schnell dahinter kommen würdest.«
Die Antwort stand auf einem grünen Buchstabenband, das plötzlich von hinten heranschwebte. Sonja drehte sich überrascht um. Ein zweites Mädchen betrat die Rüstkammer. Als sie sich an die Seite ihrer Schwester stellte, konnte man die beiden nicht voneinander unterscheiden. Sogar die Computergrafiken glichen sich wie ein Ei dem anderen.
»Ich bin Laura«, lautete die kurze Botschaft der blauen Buchstaben.
»Und ich bin Lisa«, ergänzte die grüne Schrift.
»Ich hoffe, du bist nicht länger sauer, dass wir deinen Decknamen geklaut haben. Wir konnten einfach nicht widerstehen.«
»Ich brauche den Namen nicht mehr«, sagte Sonja. »Benützt ihn weiter, wenn ihr wollt. Ich verrate euch sogar meine geheimsten Passwörter. Der Datenhighway gehört jetzt euch.«
Die Zwillinge wechselten einen kurzen Blick.
Dann erschienen zwei lachende Strichmännchen, ein blaues und ein grünes.

»Oh, wie überaus großzügig«, spottete Lisa. **»Ich lach mich krank!«**
»Ich weiß nicht, was du meinst«, sagte Sonja erstaunt.
»Wir haben dich beobachtet. Wir kennen dich. Der Maulwurf gibt kein Geschenk umsonst. Als Preis für deine Zusammenarbeit willst du, dass wir uns den Freaks anschließen.«
»Mehr noch«, sagte Sonja. »Ihr sollt die Freaks anführen und gleichzeitig ihr heimtückischer Gegner sein.«
»So wie du? Eine Art Doppelagent?«
Sonja nickte. Die Zwillinge hatten begriffen, worauf sie hinauswollte. Sie waren wirklich sehr klug.
»Ich bitte um eure Hilfe. Es geht dabei nicht nur um die Freaks. Der Mystery-Park ist ein großes Experiment. Die Kids sollen hier einen Weg finden, wie man die Natur mit der Supertechnik der Zukunft verbinden kann. Sie sollen den Weg finden, indem sie einfach spielen und ihrer Phantasie freien Lauf lassen. Sie sind die Generation Future. Helft ihnen. Haltet sie in Atem. Stellt ihnen immer wieder neue Rätsel, damit sie ihren Kopf gebrauchen und nicht ihre Freizeit vergeuden.«
Sonja hatte sich diese Rede schon vor einigen Tagen ausgedacht. Gespannt wartete sie auf die Antwort der Zwillinge.
»Man merkt, dass du bald sechzehn wirst. Du redest schon wie eine Erwachsene«, spottete Laura. **»Wir sollen d-e-i-n Spiel weiterspielen? Diesen alten, verstaubten Hut? Vergiss es! So läuft das nicht.«**
Sonja konnte ihre Enttäuschung nicht verbergen. Ihre

Mundwinkel sanken nach unten. »Warum nicht? Die Idee ist doch großartig.«
»Das ist deine Meinung, nicht unsere. Glaubst du im Ernst, wir wollen bloß deine doofen Kopien sein? Alles beginnt neu, ein neues Spiel, neue Spieler, neue Regeln. Deine Zeit in Mystery ist vorbei. Du hast deinen Spaß gehabt. Was kümmert es dich, was hier geschieht, wenn du fort bist?«
»Wir sind die neue Generation Future«, fuhr Lisa fort.
»Der Park wurde für die Kids unter sechzehn gebaut. Warum mischst du dich ein? Warum dürfen wir nicht einfach tun, was wir wollen? Geh nach Aurora*, in die Welt der Erwachsenen. Dort ist jetzt dein Platz.«
»Ich mische mich nicht ein!«, protestierte Sonja. Unter dem Helm war ihr Gesicht knallrot geworden vor Zorn. Gleichzeitig fühlte sie sich hilflos, weil sie wusste, dass die Zwillinge Recht hatten. »Ich mische mich nicht ein, sondern ihr! Ihr wart es. Warum habt ihr mich überhaupt hierher gelockt, wenn ihr nicht mit mir reden wollt?«
»Wir wollen dich einladen, mit uns gemeinsam das Drachenspiel zu spielen. Was ist nun? Machst du mit oder bist du schon zu alt dafür?«
Sonja nagte auf ihrer Unterlippe. Wenn sie jetzt ablehnte, war wohl die letzte Chance vertan und sie würde nie das Vertrauen der Zwillinge gewinnen.
»Okay, erobern wir gemeinsam die Drachenburg. Wie weit seid ihr bisher gekommen?«

---

* Aurora: der zweite Ferienpark des Gigaplex-Imperiums; siehe Seite 6: Die Geografie von Mystery-World; außerdem: Stichwortverzeichnis

»Weit, Sonja, sehr weit«, sagte Laura. **»Bis zum Tor von Level vier sind wir vorgedrungen. Wir haben jeden Winkel der Burg erforscht.«**

»Aber wir müssen etwas übersehen haben«, gestand Lisa. **»Das letzte Hindernis vor dem Tor, die Halle des Feuers, ist nicht zu überwinden.«**

»Nichts ist unüberwindlich«, behauptete Sonja selbstbewusst. »Zeigt mir den Weg.«

. . .

. . .

Sonja saß im Waggon und seufzte, als sie an die Stunden dachte, die sie vergeblich mit Laura und Lisa gespielt hatte. Am Ende hieß es doch für alle drei: »Game over!«

Als sie dann die Helme abnahmen, sah sie zum ersten Mal beide Zwillinge in der wirklichen Welt. Es erschien ihr beinahe unheimlich, wie ähnlich sich die Schwestern waren.

»Ihr habt tatsächlich jeden Winkel der Burg erforscht?«, fragte Sonja.

»Tagelang, nächtelang«, bestätigte Laura.

»Seit zwei Wochen tun wir fast nichts anderes«, sagte Lisa.

Sonja nickte. Genau das hatte sie erwartet.

»Wie ist es euch gelungen, in das Hauptprogramm des Spiels vorzudringen? Ihr habt den Rätseltext geändert, also muss es euch gelungen sein.«

»Oh ja«, sagte Laura. »Das war eine harte Nuss. Aber es hat sich gelohnt.«

»Warum löst ihr das Spiel nicht auf diese Weise?«

»Das Spiel umprogrammieren?«, fragte Lisa verblüfft. »Wie stellst du dir das vor? Ein paar Textzeilen im Rätsel zu ändern, ist eine Sache, direkt in den Spielverlauf eingreifen eine andere. Das ist beinahe unmöglich.«
»So schnell gebt ihr auf?«, spottete Sonja.
»Gib bloß nicht so an. Auch du könntest das nicht ohne wochenlange Arbeit schaffen.«
»Verstehe.« Sonja schnaufte verächtlich. »Wochenlange Arbeit ist nur was für Hackersaurier wie mich. Die neue Generation Future braucht das nicht. Ihr spielt vorgekaute Phantasiespiele. Ist ja auch eine Herausforderung.«
»Na, hallo!«, rief Laura entrüstet. »Willst du damit sagen, dass wir durch das Spielen verblöden?«
»Nein, aber ihr verliert dabei bestimmt eure Phantasie.«
»Unsinn«, widersprach Lisa. »Es braucht sehr viel Phantasie, um das Spiel zu lösen.«
»Stimmt«, gab Sonja zu. »Nur sind es eben nicht eure eigenen Ideen, sondern die der Gigaplex-Programmierer. Wie lange, sagtet ihr, habt ihr gespielt? Tage- und nächtelang? Denkt ihr überhaupt noch an etwas anderes?«
Die Zwillinge sahen sich an und schüttelten den Kopf.
»Im Moment gibt es für uns nur das Spiel. Erst wenn wir es gelöst haben, ist unser Kopf wieder frei für andere Dinge.«
»Was für andere Dinge? Was kommt denn nach der Drachenburg?«
»Level vier, das Twilight-Universum«, antwortete Laura. Ihre Augen glänzten. »So steht es in der Chronik der Burg.«

»Die Chronik im ersten Zimmer? Ich fasse es nicht!«, rief Sonja. »Ihr habt das ganze dicke Buch gelesen? Das allein muss schon Tage gedauert haben. Begreift ihr nicht, was passiert ist? Computerspiele können wie eine Droge sein. Ihr zwei seid süchtig. Ihr kommt nicht mehr davon los.«

»So ein Quatsch«, protestierte Laura. »Wenn das Spiel gelöst ist, hören wir auf.«

Sonja lächelte spöttisch. »Das behauptet jeder Drogensüchtige. Was kommt nach Level vier? Wie viele Levels hat dieses Spiel?«

»Wir wissen es nicht«, gestand Lisa. Sie sah sehr nachdenklich aus. »Es können nicht unendlich viele sein.«

»Nicht in diesem Spiel«, sagte Sonja, »aber jeden Monat kommen neue Videogames auf den Markt. Ihr werdet all euere Hackertalente vergeuden, um die neuesten Spiele zu lösen. Und dabei werdet ihr alle anderen Tricks vergessen, bis ihr nur noch ganz gewöhnliche Joystickwirbler seid.«

»Niemals!«, schrien beide Mädchen gleichzeitig.

»Mit solchen Gruselgeschichten kannst du vielleicht deine Freakfreunde hereinlegen, aber nicht uns!«, rief Laura.

»Du willst uns mit allen Tricks rumkriegen«, behauptete Lisa. »Zum letzten Mal, vergiss es! Deine Moralpredigten gehen mir auf den Keks!«

Sonja sah die beiden scharf an. »Wann habt ihr eure letzten Programmzeilen getippt? Ist es Tage her oder Wochen? Surft ihr regelmäßig im Internet? Kennt ihr die allerneuesten Virenfallen? Nicht? Woran liegt das? Vielleicht könnt ihr es gar nicht mehr.«

»Schwachsinn!«, rief Laura. »So rasch verlernt man das alles nicht.«
»Nein, nicht so schnell, aber schneller, als du denkst. Versucht es. Schreibt ein paar Programme, knackt irgendein Passwort. Ihr werdet merken, dass ihr nachgelassen habt. Darauf gehe ich jede Wette ein. Wie hätte ich euch sonst so schnell auf Midway aufstöbern können?«
Die Zwillinge starrten sie mit großen Augen an.
Sonja bemerkte ihre Unsicherheit und provozierte weiter: »Ihr eingebildeten, frechen Küken!«, schimpfte sie. »Was glaubt ihr eigentlich, mit wem ihr es zu tun habt? Ich habe schon meine ersten Programme geschrieben, als ihr noch fleißig das kleine Einmaleins geübt habt. Wenn ich wirklich wollte, könnte ich euch auffliegen lassen und aus dem Park werfen, jetzt gleich!«
»Nun hör aber auf, du Angeberin!«, rief Laura empört. »Du tust ja fast so, als wärst du unsere Großmutter. Dabei bist du nicht einmal drei Jahre älter als wir.«
»Tatsächlich? Vorhin habt ihr noch behauptet, ich wäre eine Erwachsene, die sich hier nicht mehr einzumischen hat.«
»Erwachsene oder nicht, wir lassen uns eben nicht von dir drohen.«
Sonja lachte sie aus. »Das war noch keine Drohung, sondern nur eine sanfte Warnung. Und nun setzt euch. Ich will mit euch reden.«
Die Zwillinge blieben trotzig stehen.
Sonja seufzte. »Setzt euch, bitte«, korrigierte sie sich.
Laura und Lisa sahen sich wieder stumm an. Dann ließen

sie sich, exakt im gleichen Moment, auf den Boden plumpsen. Sonja setzte sich zu ihnen. Während draußen die Sonne aufging, saßen die drei Superhacker von Mystery im Halbdunkel in einem Tunnellabyrinth und diskutierten.
»Du behauptest, wir sind spielsüchtig«, begann Laura. »Okay, das kann schon sein. Aber dir geht es nicht besser. Du bist süchtig nach dem Maulwurfsspiel. Wo ist da der Unterschied?«
»Das ist leicht erklärt. Ich bestimme die Regeln, gemeinsam mit meinen Freunden. Jeden Tag können sich die Regeln ändern. Und weil so viele dabei mitmachen, kann niemand voraussehen, was sich daraus entwickelt. Wir spielen auf vielen Levels gleichzeitig, auf dem Datenhighway, auf dem Wasser, im Dschungel und im unterirdischen Labyrinth. Oh, ich vergaß die Techniker von Gigaplex. Die mischen auch kräftig mit. In der Drachenburg seid ihr ihnen völlig ausgeliefert. In meinem Spiel sind sie aber nur Nebendarsteller. Das ist der Unterschied.«
»Hm«, brummten die Zwillinge in absolutem Gleichklang.
Sonja sah, dass sie schwankten, und schwieg, um ihnen Zeit zum Nachdenken zu lassen.
»Ich fürchte, du verstehst uns nicht«, sagte Laura nach einer Weile. »Wir sind nicht wie du, Sonja. Wir wollen nur unseren Spaß haben. Wenn uns eine Regel nicht passt, dann brechen wir sie. Bisher haben wir es immer heimlich getan. Die Aktionen des Datenmaulwurfs bleiben aber nicht geheim. Der ganze Park wird davon beein-

flusst. Mystery würde sich verändern, wenn wir deine Rolle übernähmen. Vielleicht würdest du ihn danach nicht wieder erkennen. Ist es wirklich das, was du willst?«

»Außerdem«, sagte Lisa, »haben wir keinen Bock auf den öden Job eines Super-Users.« Sie verdrehte die Augen. »Netzwerke flicken, Programmfehler beheben, Virenangriffe abwehren, Adressdateien betreuen? Igitt!«

»Und das alles in den Ferien«, ergänzte Laura. »Pfui, pfui! Mir wird schon bei dem Gedanken daran schlecht.«

»Gerade diese Arbeit macht den größten Spaß«, versicherte Sonja. »Ihr würdet dabei nicht allein sein. Die Freaks sind wunderbare Freunde. Glaubt mir, das ist es wert.«

Sonja bemerkte, dass Laura und Lisa interessiert die Köpfe hoben. Offenbar hatte sie einen wunden Punkt getroffen.

»Habt ihr viele Freunde?«, fragte sie.

Sie bekam keine Antwort.

»Das ist nicht gut. Ich kenne das. Bevor ich mich den Freaks angeschlossen habe, war ich auch sehr einsam.«

»Wir sind nicht einsam«, behauptete Laura. »Wir haben uns beide doch.«

Sonja sah die Zwillinge lange an. Sie machten trotzige Gesichter, doch ihre Traurigkeit konnten sie nicht verbergen.

»Man kann niemals genug Freunde haben. Versucht es.«

»Du vergisst, dass nur einer von uns den Super-User spielen könnte«, sagte Laura. »Der Maulwurf müsste im Hintergrund bleiben. Er wäre einsamer als je zuvor.«

Sonja zwinkerte ihr aufmunternd zu. Das mit der Einsamkeit war Laura einfach rausgerutscht, obwohl sie es gerade noch heftig abgestritten hatte. Die Zwillinge taten ihr Leid. Sie waren Außenseiter, wie sie es vermutet hatte.

»Wechselt eure Rollen, sooft ihr wollt«, schlug Sonja vor. »Jeden Tag, jede Stunde könntet ihr die Freaks damit verwirren. Ich würde gerne ihre dummen Gesichter sehen. Leider kann ich nicht mehr dabei sein, um es zu genießen.«

Laura und Lisa drehten sich um und flüsterten miteinander. »Was ist mit der Drachenburg?«, fragte Laura schließlich. »Es gefällt uns nicht, dass wir nach so viel Mühe jetzt aufgeben sollen.«

Sonja atmete erleichtert auf. Sie hatte es beinahe geschafft.

»Warum aufgeben? Spielt einfach weiter. An eurer Stelle würde ich es aber nicht übertreiben. Ab und zu, eine Stunde pro Tag würde doch genügen, oder?«

»Ich verstehe«, murmelte Laura. »Man kann einem Süchtigen nur langsam seine Drogen abgewöhnen. Was meinst du dazu?« Sie sah ihre Schwester an.

»Ach, ich weiß nicht. Ich hätte bestimmt keine Ruhe, wenn wir nicht wenigstens Level drei schaffen.«

»Und wenn euch die Freaks dabei helfen?«, schlug Sonja vor. »Wenn wir alle gemeinsam die Halle des Feuers überwinden? Versprecht ihr dann, dass ihr nicht sofort auf Level vier weitermacht?«

»Wir versprechen es«, antworteten beide.

»Und wir werden auch den Freaks helfen«, ergänzte Lisa, »vorläufig jedenfalls.«

»Freu dich nicht zu früh«, warnte Laura. »Wenn deine Freunde nichts draufhaben, steigen wir wieder aus.«

Sonja nickte. »Wir schließen einen Pakt«, schlug sie vor. »Eigentlich wollte ich am Ende der Ferien den Park verlassen. Ich habe aber erst im März Geburtstag. Bis dahin bleibe ich hier und helfe euch. Wenn ihr dann noch nicht überzeugt seid, werde ich euch nie mehr belästigen.«

»Nach den Ferien?«, fragte Laura erstaunt. »Ich schätze, du übersiehst dabei eine Kleinigkeit. Wir müssen zur Schule.«

»Ja, ich auch. Es gibt aber Wochenenden, Feiertage und freie Nachmittage. Oder wohnt ihr so weit vom Park, dass es ein Problem wäre?«

»Die Entfernung ist nicht das Problem. Mit dem Bus wä-

ren wir in vierzig Minuten am Parktor. Jedes Wochenende ist trotzdem nicht drin. Unsere Eltern werden mit Sicherheit nicht mitspielen.«
»Oh, das mit euren Eltern lässt sich bestimmt irgendwie regeln.« Sonja zwinkerte den Zwillingen zu. »Ich habe gute Freunde bei Gigaplex, die viel Erfahrung im Beschwatzen von Eltern haben. Von wegen pädagogisch wertvoll und so weiter. Lasst mich nur machen.«
»Na schön. In diesem Fall . . .«
»Dann gilt der Pakt?«
Sonja streckte die Hand aus. Nach kurzem Zögern schlugen Laura und Lisa ein.
Es dauerte nicht lange, bis die drei Maulwürfe einen Plan ausgetüftelt hatten.
Sonja kehrte mit dem Lift nach Spirit zurück. Die Zwillinge verkrümelten sich durch einen Notausgang. Lisa kümmerte sich um die Spezialausrüstung. Sorgfältig überprüfte sie jedes einzelne Stück. Sie wusste, wenn sie auch nur den winzigsten Fehler machte, fiel Sonjas ganzer Plan wie ein Kartenhaus zusammen. Und diesmal konnten sich die Schwestern nicht gegenseitig aus der Patsche helfen. Diesmal stand der Igel allein gegen ein Dutzend Hasen!
Während Sonja die Freaks davon überzeugte, dass sie unbedingt einen Profispieler brauchten, besetzte Laura eine Spielstation in Ostende.
Als Sonja mit der U-Bahn dort ankam, fiel es ihr nicht schwer, den »richtigen« Joystickwirbler auszuwählen.

Die trickreichen Igel

Am nächsten Morgen stellte Sonja ihre neue Freundin den Freaks vor. »Das ist Laura. Ich habe sie in der Spielhalle beobachtet. Sie ist sehr gut.« Schelmisch zwinkerte sie Laura zu. »Und das ist der First-Super-User Lizzy, die Wildkatze.«

»Hallo, Lizzy«, murmelte Laura schüchtern. Sie fühlte sich gar nicht wohl, als die Rothaarige vor ihr stand und sie mit ihren funkelnden Augen anstarrte. Die Wildkatze war sehr groß und schlank. Sie überragte die pummelige Laura um mehr als einen Kopf.

»Hallo«, antwortete Lizzy, »willkommen bei den Freaks.« Das klang nicht unfreundlich, aber auch nicht gerade herzlich. Sonja legte Laura den Arm um die Schulter und zog sie mit sich.

»Komm, ich zeige dir jetzt die Laserkammer. Du musst dich scannen lassen.«

Kopfschüttelnd sah Lizzy den beiden nach.

»Was hältst du von der Kleinen?«, raunte sie Erik zu.

»Wir sollten uns nicht von ihrem Aussehen täuschen lassen«, flüsterte Erik zurück. »Nur weil sie klein, dick und schüchtern ist, muss das nicht heißen, dass sie nichts draufhat. Sonja hat sie ausgewählt. Das genügt mir.«

»Wir werden sehen«, murmelte Lizzy.

Eine halbe Stunde später startete das Spiel. Als ihre Körpergrafiken im ersten Zimmer sichtbar wurden, quietschte Atü vor Vergnügen. Bevor ihn jemand hindern konnte,

fasste er wahllos nach dem ersten Gegenstand, der ihm unter die Finger kam. Es war eine kleine goldene Katzenfigur. Zu seinem Entzücken wurde das Kätzchen lebendig. Es ließ sich von ihm streicheln, schnurrte, machte Männchen und folgte ihm auf Schritt und Tritt.
Sonja war das nicht unrecht. Wenigstens war der Wichtel nun beschäftigt und konnte weiter nichts anstellen. Sie sorgte dafür, dass jeder Spieler einen Würfel mit dem ABC berührte. Ihre Freunde staunten nicht schlecht über die farbigen Buchstabenbänder. Kichernd hockte Atü am Boden und redete mit dem Kätzchen, das die schwebenden Buchstaben mit der Pfote fangen wollte.
Ercan wusste genau, was er wollte. Er schnappte sich seine geliebten Blitze.
»Was soll ich mir nehmen?«, fragte Lizzy unsicher. »Die Regenbogenbrücke war recht nützlich, finde ich. Was meinst du, Sonja?«
»Lass mich nachdenken«, bat Sonja. Verstohlen sah sie sich nach Laura um. Die schüttelte kaum merklich den Kopf. Langsam ging sie zu einer Ritterrüstung und blieb davor stehen. Der Ritter trug einen Schild mit einem Flammensymbol. Erst als Laura weiterging, sagte Sonja: »Dieser Schild wäre nicht schlecht, glaube ich.«
Lizzy zuckte mit den Schultern und nahm den Schild.
Laura blieb noch vor zwei weiteren Gegenständen stehen. Zuerst betrachtete sie einen riesengroßen Bleistift, dann eine Kette mit ekligen Anhängern, die wie fette Spinnen aussahen. Zuletzt nahm sie sich ein Tuch, auf dem das Symbol eines geschlossenen Auges zu sehen

war. Sonja beobachtete sie dabei. Nachdem Laura gewählt hatte, nahm Sonja Erik an der Hand und führte ihn zu dem Bleistift.

»Hier, ich glaube, der passt zu dir.«

»Wie kommst du darauf?«, wunderte sich Erik. Wie meistens befolgte er aber den Rat seiner Freundin. Der Bleistift war etwa einen Meter lang. An seinem oberen Ende leuchtete ein roter Knopf. Erik probierte ihn sofort aus. Kaum hatte er den Knopf gedrückt, hinterließ die Bleistiftspitze einen dicken schwarzen Strich. Genauer gesagt war es kein Strich, sondern ein drahtähnliches Gebilde, das in der Luft schwebte. Vergnügt zeichnete Erik ein Strichmännchen in den Raum. Dabei wurde der Bleistift kleiner.

»Lass mich auch, bitte, bitte«, flehte Atü.

»Nichts da!«, bestimmte Sonja. »Vielleicht brauchen wir den Stift noch.«

Erik nickte. Er drückte noch einmal den Knopf und der Bleistift hörte auf zu schreiben.

»Spielverderber! Ihr gönnt mir gar nichts«, maulte Atü.

»Soll ich dir mal zeigen, was ich habe?«, bot Ercan an.

»Nein!«, schrien Lizzy und Sonja gleichzeitig.

Hintereinander traten sie durch den Spiegel und gelangten so in den Korridor. Diesmal hatte niemand ein mulmiges Gefühl. Mit Ausnahme von Atü waren alle schon einmal hier gewesen. Auch der Kleine fürchtete sich nicht. Er spielte mit seinem Kätzchen Fangen und amüsierte sich über die Grimassen schneidenden Bilder an der Wand. Für ihn war das Spiel ein einziger großer Spaß.

Sonja führte die Gruppe an. Es fiel niemandem auf, dass sie sehr oft zu Laura schielte, die ruhig und gelassen dicht neben ihr ging. In dem Raum, wo sich die Korridore teilten, machte Laura eine kaum merkliche Handbewegung.

»Da müssen wir lang«, bestimmte Sonja. Niemand widersprach. Sie bogen in den Korridor rechts von ihnen ein.

Lizzy berührte ein Bild an der Wand. »Klick!«, machte es und das Bild zeigte ein Foto von Lizzys Gesicht. »Nur damit wir uns nicht verlaufen«, erklärte sie.

»Kann man alle diese Türen öffnen?«, fragte Laura nach einer Weile.

»Allerdings«, antwortete Sonja. »Sollen wir?«

»Nun ja«, sagte Laura, »bei allen Spielen, die ich kenne, findet man die Lösungen meist an den Orten, wo man sie am wenigsten erwartet.«

»Und welche Tür sollen wir wählen?«, fragte Sonja.

Laura wiegte unsicher den Kopf. Natürlich wusste sie genau, hinter welcher Tür die Lösung lag. Sie durfte sich aber nicht verdächtig machen.

»Wir könnten uns trennen. Jeder sucht auf eigene Faust.«

»Ich bin dagegen«, widersprach Lizzy. »Wenn wir uns in diesem Labyrinth aus den Augen verlieren, finden wir uns womöglich nie wieder.«

»Jeder sieht nur in einer einzigen Kammer nach und kommt dann sofort zurück in den Korridor«, schlug Laura vor.

»Woher weißt du, dass dort Kammern sind?«, fragte Lizzy misstrauisch.

»Sonja hat es mir erzählt«, log Laura. »Oder habe ich etwas falsch verstanden?«
»Nein, es stimmt schon«, kam Sonja ihr zu Hilfe. »Ich nehme mir das nächste Zimmer auf der rechten Seite vor.«
»Warte!«, rief Lizzy, aber Sonja schlüpfte durch die Tür.
»Sie wird immer eigensinniger«, schimpfte Lizzy. »Also gut, Leute. Jeder nimmt sich eine Kammer vor und kommt dann zurück auf den Korridor.«
»Geht klar, Chief!«, rief Atü und wollte schon losspurten.
»Nichts da, du kommst mit mir«, bestimmte Lizzy. »Ich habe keine Lust, nach dir zu suchen.«
»Du bist wie meine Schwester«, murrte Atü.
Die erste Suche brachte keine Überraschungen. Nur Lizzy blieb vor Schreck beinahe das Herz stehen. Als von hinten jemand sie am Ärmel zupfte, drehte sie sich um. Da stand ein Schweinchen vor ihr und rollte mit den Augen.
»Cool, was?«, fragte das Schweinchen mit Atüs Stimme.
»Was? Wie?«, flüsterte Lizzy verblüfft.
Das Schweinchen zeigte auf ein Regal, auf dem einige Puppen saßen. Schweinchen-Atü griff nach einem Teddybären.
»Zisch!«, machte es. Das Schweinchen verwandelte sich in einen Teddy, der so groß war wie Atü. Der Bär fasste mit der Pfote nach einer Kasperlpuppe.
»Zisch!«
»Hallo, Kinder, seid ihr auch alle da?«, rief Atü vergnügt.
»Hör sofort auf mit dem Unsinn«, schimpfte Lizzy.

»Sonst verwandle ich dich in diese Babyfigur mit Windelhose und Schnuller. So bleibst du dann für den Rest des Spiels.«
»Nein, warte!«, rief Atü erschrocken. Er griff nach der Atü-Puppe, die im untersten Regal saß. Lizzy schnaufte erleichtert, als er wieder in gewohnter Gestalt vor ihr stand.

Die Freaks trafen sich im Korridor zu einer kurzen Beratung. Dann versuchten sie noch einmal ihr Glück.
Lizzy war es, die plötzlich rief: »Kommt alle her, hier ist so eine Art Rittersaal!«
Es stimmte. Hinter der Tür war ein großer Saal, prächtig mit Wandteppichen geschmückt. In der Mitte stand eine Tafel, an der viele Ritter saßen. Sie bewegten sich, aßen, tranken und lachten.
Als die Freaks eintraten, eilten zwei Wächter auf sie zu. Es waren seltsam gekleidete Figuren. Ihre bärtigen Gesichter sahen grimmig aus. Sie trugen Speere und Schilde.
»Halt, Eindringlinge!«, rief einer der beiden mit tiefer Stimme. »Wie könnt ihr es wagen, die Tafelrunde der edlen Herren zu stören? Was ist euer Begehr?«
»Wir, äh, wollten Guten Tag sagen«, antwortete Lizzy.
»Was hat er gesagt?«, fragte Sonja.
»Soll ich ihn wegpusten?«, bot Ercan an.
»Bloß nicht«, warnte Lizzy. »Hast du denn immer noch nicht kapiert, dass die Ritter friedlich sind, solange man sie nicht angreift?«

»Verschwindet, freche Bettler!«, brüllte der Wächter und zielte mit der Speerspitze auf Lizzys Brust.
»Ja, ich merke, das sind wirklich friedliche Lämmchen«, spottete Ercan.
Lizzy hob die Arme und wich zurück. »Nicht doch, wir gehen ja schon.«
So schnell sie konnten, trollten sie sich aus dem Saal.
»Wir waren wohl nicht vornehm genug für diese Gesellschaft«, vermutete Lizzy, als die Tür hinter ihnen zugeworfen wurde. »Was jetzt?«
Sonja schielte zu Laura, doch die achtete nicht darauf. Scheinbar gelangweilt, betrachtete sie die Bilder an den Wänden.
»Wir haben alle Kammern in der Nähe durchsucht«, sagte Sonja ratlos. »Gehen wir ein Stück weiter und sehen hinter die anderen Türen.«
»Was soll das?«, fragte Lizzy. »Ich dachte, du kennst den Weg nach Level vier.«
»Ich war dort, ja. Aber ich kann mich nicht mehr erinnern. Das Labyrinth ist so verwirrend. Wahrscheinlich führen viele Wege dorthin.«
»Nein, Atü, nicht!«, rief Ercan plötzlich.
Während sie diskutierten, hatte sich Laura von den Bildern abgewandt. Sie untersuchte die Rüstungen im Korridor und nahm einer das Schwert ab. Atü hatte natürlich nichts Besseres zu tun, als es ihr nachzumachen. Und sehr bald kam er auf denselben dummen Gedanken wie tags zuvor Ercan. Er schlug mit dem Schwert auf eine Rüstung ein.

»Rums!«, machte es und der Ritter an der nächsten Säule wurde lebendig. Klirrend stapfte er in Atüs Richtung. Laura hielt immer noch das Schwert in der Hand und eilte dem Kleinen zu Hilfe. Der Ritter schlug nach ihr. Blitzschnell wehrte sie ab und zerteilte den Angreifer in zwei Hälften.

»Rums, rums!«, dröhnte es.

Zwei weitere Ritter marschierten heran.

»Das bringt nichts!«, rief Ercan. »Für jeden, den du erledigst, werden zwei neue lebendig.«

Laura hörte nicht auf ihn.

Die Freaks beobachteten sie fassungslos.

»Ich glaub, ich spinne«, murmelte Ercan.

Irgendwie gelang es Laura, beide Ritter gleichzeitig zu besiegen. Sie bewegte sich dabei elegant und geschmeidig wie eine Tänzerin. Selbst Lizzy nickte anerkennend.

»Ein echter Joystickwirbler. Bestimmt übt sie solche Kämpfe jeden Tag.«

»Ja, auf dem Bildschirm, aber nicht im virtuellen Raum«, gab Sonja zu bedenken.

»Es wird ihr alles nichts nützen«, sagte Ercan. »Gegen eine ganze Ritterarmee kann der schnellste Joystickwirbler nichts ausrichten.«

Laura musste das auch erkannt haben, denn sie wich den nachfolgenden Rittern aus und gab Fersengeld. Es war eine Flucht ohne Hoffnung.

Die Angreifer kamen von zwei Seiten.

»Sie wollen nur dich und Atü!«, rief Ercan. »Das Spiel ist für euch gelaufen.«

»Noch nicht«, keuchte Laura. Sie war bereits völlig außer Atem. »Noch sind wir nicht besiegt. Nicht wahr, Kleiner?«
»Zum Angriff!«, brüllte Atü begeistert. Er schwang seine Schwertgrafik und wollte den Rittern entgegenstürmen. Laura schnappte ihn am Kragen.
»Nicht hier! Im Korridor ist es zu eng. Wir ziehen uns in den Saal zurück.«
»A-aber die Wachen«, stotterte Atü.
Laura kicherte. »Auf zwei Gegner mehr oder weniger kommt es jetzt auch nicht mehr an.«
»Hihi!«, lachte Atü. »Denen werden wir's zeigen. Du bist echt cool, Laura.«
Lauras Computergrafik lächelte. »Ich finde dich auch toll, Kleiner. Los, komm.«
Während Laura und Atü im Rittersaal verschwanden, pressten sich ihre Freunde dicht an die Korridorwand, damit die stampfenden Rüstungen vorbeikonnten. Sie wurden nicht belästigt.
»Das war's dann«, murmelte Ercan. »Wir sollten abhauen. Für die beiden können wir nichts mehr tun.«
»Nein, wir warten«, widersprach Sonja. Sie war verblüfft. Nie hätte sie erwartet, dass Laura als Erste aus dem Spiel ausscheiden würde. Im nächsten Augenblick staunte sie noch mehr. Hand in Hand und unversehrt, spazierten die tollkühnen Kämpfer aus dem Rittersaal.
»Ihr seid noch da? Wie habt ihr das geschafft?«
»Ach, das war babyleicht!«, prahlte Atü. »Als sich uns die Wächter in den Weg stellten, hat Laura so lange gewartet,

bis die anderen Ritter durch die Tür kamen. Dann sind wir einfach zwischen den Wachen durchgeschlüpft.«

»Die meisten Spielprogramme lassen sich irgendwie austricksen«, erklärte Laura. »Die Wachen haben sich auf die neuen Eindringlinge gestürzt. Die Ritter an der Tafel kamen ihnen zu Hilfe und nun . . .«

». . . vermöbeln sie sich gegenseitig«, ergänzte Atü.

Laura hielt ihm die ausgestreckte Handfläche hin und er schlug begeistert ein.

»Nicht zu fassen«, murmelte Lizzy.

»In dem Rittersaal gibt es noch einen Ausgang«, berichtete Laura. »Ich glaube, wir könnten ihn erreichen. Zumindest, solange die Raufbolde beschäftigt sind.«

Die Freaks folgten ihrem Rat. Sie huschten durch den Saal, vorbei an den brüllenden, kämpfenden Rittern.

Kurz vor dem Ausgang stellte sich ihnen doch noch ein Wächter in den Weg.

»Lauft weiter, ich erledige das«, sagte Laura. Sie bot sich als Ziel an und lenkte den Ritter ab, bis die anderen durch die Tür geschlüpft waren. Dann warf sie ihre Schwertgrafik dem Angreifer entgegen. Er zerplatzte wie ein Ballon.

Laura hetzte den Freaks hinterher.

»Wir sollten die Tür versperren«, keuchte sie. »Wenn die Ritter genug gekämpft haben, werden sie uns folgen.«

»Wie kommst du darauf?«, fragte Lizzy verwundert.

»Reine Erfahrung. Ich kenne mehrere Computerspiele von Gigaplex.«

»Gut, verriegeln wir die Tür«, entschied Sonja. »Bloß wie? Ich sehe keinen Schlüssel.«

Laura zögerte. Sonja selbst trug die Lösung um den Hals. Es war die Kette mit den ekligen Spinnenanhängern. Damit konnte man ein undurchdringliches Spinnennetz erzeugen. Aber das konnte nur jemand wissen, der das Spiel genau kannte. Wenn sie Sonja jetzt ein Zeichen gab, würde sie sich verraten.

»Vielleicht geht es damit«, sagte Erik. Er schaltete seinen Riesenbleistift ein und zog ein dichtes Liniengitter quer zum Korridor. Laura beobachtete ihn interessiert. Diese Lösung war ihr neu.

»Glaubst du wirklich, das hält die Ritter auf?«, fragte Lizzy misstrauisch.

»Ich probiere es aus«, sagte Atü. Er marschierte auf das Gitter zu. Zu seiner Enttäuschung schritt er einfach hindurch. Nur die kleine goldene Katze, die ihm stets folgte, blieb vor den Bleistiften stehen. Sie maunzte kläglich, kletterte an dem Gitter herum und suchte nach einer Lücke.

»Warte«, tröstete Atü. »Ich bin gleich zurück.«

Wieder schritt er durch das Gitter, als wäre es Luft.

»Die Linien können einen Menschen nicht aufhalten, Computergrafiken aber schon«, stellte Lizzy fest. »Was meinst du, Sonja, sollen wir warten, bis die Ritter nachkommen und zusehen, ob das Gitter hält?«

»Keine Ahnung. Frag Laura. Sie ist der Profi.«

»Ich sehe keinen Vorteil, wenn wir länger warten«, meinte Laura. »Nichts wie weg von hier.«

Niemand protestierte dagegen. So übernahm Laura ab sofort die Führung.

Die Freaks folgten dem Gang bis zu einer Wendeltreppe. Als sie die Stufen betraten, kämpften alle um ihr Gleichgewicht.

»Wie seltsam«, sagte Lizzy. »Ich habe das Gefühl, auf ebenem Boden zu gehen. Es sieht aber so aus, als würde ich die Stufen hinabsteigen. Mir ist ganz schwindlig. Ich glaube, mir wird schlecht.«

»Es ist keine echte Treppe«, erklärte Sonja. »Das ist auch der Grund, warum wir uns schwindlig fühlen. Ich habe mal in einer Computerzeitschrift einen Artikel über Virtual Reality gelesen. Da wurde dieses Phänomen erklärt. Unsere Augen sagen uns etwas anderes als unsere Beine. Das menschliche Gehirn kommt damit nur schwer zurecht.«

»Ist das gefährlich?«, fragte Lizzy.

»Nein, nur eine Art Seekrankheit.«

Alle waren erleichtert, als sie die Treppe hinter sich hatten. Hier, in den tieferen Stockwerken der Burg, war es noch düsterer als im ersten Korridor. Man hörte leises Pfeifen und Raunen. Die Vorhänge bewegten sich, als ob hier ein steter Wind wehen würde. Irgendwo schlug eine Glocke, Türen quietschten.

»Willkommen in der Geisterbahn!«, spottete Lizzy. Die Spezialeffekte machten ihr längst keine Angst mehr.

»Gibt es hier wirklich Geister?«, fragte Atü.

»Jede Menge«, versicherte Sonja und zwinkerte ihm zu.

Laura führte die Gruppe in einen kreisrunden Saal. Drinnen war es beinahe stockdunkel. Nur das Feuer eines offenen Kamins spendete ein wenig Licht. Wieder schlug

die Glocke. Der Boden knarrte, als ob sich irgendjemand näherte. Die Freaks standen dicht vor dem Feuer und starrten in das Dunkel. Das flackernde Licht zeichnete die Schatten ihrer Körpergrafiken auf den Boden.
»Merkwürdig«, murmelte Lizzy. »Zum ersten Mal sehe ich hier einen Schatten.«
Noch während sie das sagte, veränderten sich die Schatten. Wie schwarzes Papier, das sich plötzlich aufrollt, lösten sie sich vom Boden. Als sie aufrecht standen, wurden sie lebendig. Papierdünne schwarze Schatten, kaum sichtbar in der düsteren Umgebung.
»Vorsicht«, warnte Laura. »Ich vermute, die sind keineswegs unsere Freunde.«
»Sie kreisen uns ein«, stellte Lizzy fest. »Sieht jemand einen Fluchtweg?«
»Ich werde gegen sie kämpfen.« Atü hielt immer noch das Schwert in der Hand.
Erik drückte auf den Schalter des Bleistifts und rannte rund um seine Freunde, wieder und immer wieder, bis sie von einer Art Sperrzaun umgeben waren. Das wirkte. Die Schatten warfen sich gegen den Zaun, konnten ihn aber nicht durchdringen. Nach kurzer Zeit lösten sie sich auf.
Laura starrte Erik mit offenem Mund an. In der Chronik stand, dass man die Schatten nur mit Gewalt überwinden konnte. Sie und Lisa hatten an dieser Stelle immer schwer zu kämpfen gehabt. Der Bleistift war ein tolles Hilfsmittel. Leider war er nun auf einen Bruchteil seiner ursprünglichen Länge geschrumpft. Sie musste die Freaks

zu einer Rüstkammer führen, damit sie sich einen neuen besorgen konnten.

»Achtung, da kommt jemand«, warnte Ercan.

Eine unheimliche Gestalt löste sich aus dem Dunkel. Sie trug eine Mönchskutte und verhüllte ihr Gesicht mit einer Kapuze. Der Mönch ging auf die Freaks zu, die sich noch immer hinter dem Gitter aus Bleistiftlinien zusammendrängten. An der Sperre machte er Halt.
Neugierig kam Lizzy nahe an ihn heran. Sie wollte sein Gesicht sehen. Doch da war nichts unter der Kapuze, bloß schwarze Leere. Als der Mönch stumm vor dem Gitter wartete und sich nicht auflöste, sprach sie ihn an. »Verschwinde. Du kannst hier nicht rein.«
Da hob die Gestalt beschwörend die Arme und ging weiter, spazierte einfach durch die Sperre, als wäre sie gar nicht vorhanden.
»He, du!«, rief Atü entrüstet. »Das ist gegen die Regeln!«
»Ich habe mich noch nie um die Regeln gekümmert«, antwortete der Mönch mit dumpfer Stimme. »Nicht wahr, Erik?«
Freundschaftlich klopfte er Erik auf die Schultern. Dann sprang er in das Feuer im Kamin.
»E-er hat mich berührt«, stotterte Erik. »Ich habe seine Hand gefühlt, ganz deutlich. Das bedeutet . . .«
Plötzlich riss er beide Arme hoch und zerrte an seinem VR-Helm. »Der Datenmaulwurf!«, hörten ihn seine Freunde noch rufen. Dann verschwand seine Grafik.

Als Erik den Helm abnahm, brauchte er einige Sekunden, um sich zu orientieren. Er stand in einem kahlen Raum. Seine Freunde waren auch da, doch sie konnten ihn weder hören noch sehen. Dort, wo eben noch das Feuer loderte, war eine Türöffnung. Wie ein Panther sprang er hindurch.

»Maulwurf!«, rief er. »Diesmal hast du dich zu weit vorgewagt. Diesmal erwische ich dich!« Zu seiner Enttäuschung war der Gang, in den er gelangte, menschenleer. Drei Türen zweigten hier ab. Er durfte jetzt nicht zögern, sonst war seine Chance vertan.

Er hastete zur ersten Tür. Da war eine leere Tunnelröhre. Erik wirbelte herum und rannte zur nächsten Tür. Wieder Fehlanzeige. Er machte die dritte Tür auf – keine Spur von dem Maulwurf.

Schwer atmend presste sich Lisa an die Wand. Das war knapp gewesen. So knapp, dass sie den Luftzug spürte, als Erik an ihr vorbeihetzte. Hätte er nur einen Augenblick zur Seite geschaut, wäre es aus gewesen. Seine Schritte verstummten. Irgendwo da draußen stand er und lauschte.

Jetzt oder nie! Lisa sprintete durch die Tunnelröhre.

»Tapp, tapp, tapp!«, hallte es hinter ihr. Erik hatte die Verfolgung wieder aufgenommen. Seine Schritte näherten sich erschreckend schnell. Noch im Laufen tippte Lisa eine Zahlenkombination in ihren Notsignalgeber. Ein Schott öffnete sich an der Tunnelwand. Hastig schlüpfte sie hindurch. Das Schott schloss sich automatisch hinter ihr, gerade noch rechtzeitig, um Erik auszusperren.

»Nein, das darf nicht wahr sein!«, hörte sie ihn rufen.

Die erste Runde des Spiels hatte der Igel gewonnen. Aber Lisas Rolle war noch nicht zu Ende gespielt. Wenn die Freaks bemerkten, dass die vermeintliche Joystickwirblerin in Wahrheit eine exzellente Hackerin war, würden sie sie automatisch als Datenmaulwurf verdächtigen. Darum mussten alle Freaks den flüchtenden Maulwurf sehen, während Lizzy, Ercan, Sonja und Atü bezeugen konnten, dass Laura zur selben Zeit bei ihnen war. Nur so konnten die Zwillinge jeden Verdacht von sich ablenken. Zu diesem Zweck hatte Lisa in der Nacht zuvor ein Hinweisschild an die Tür geklebt.

Darauf stand in roter Leuchtschrift: **»Spirit-Control, Eintritt für Unbefugte streng verboten!«** Erik konnte es gar nicht übersehen.

Eigentlich hatte Lisa erwartet, dass ihr Verfolger sofort zum Ausgang laufen würde, doch sie irrte sich. Erik griff nach seinem Signalgeber und tippte Patricks Nummer ein.

»Schnabeltier!«, brüllte er. »Bist du da? Los, antworte gefälligst! Beeilung, Mann!«

»Immer mit der Ruhe«, krächzte Patricks Stimme aus dem Gerät. »Wie geht's? Hat dich der Drache schon gefressen? Hahaha! Weißt du, was Beccy gesagt hat . . .?«

»Jetzt nicht!«, unterbrach Erik seinen schwatzhaften Freund. »Der Maulwurf ist in der Spirit-Zentrale. Wie wir längst vermutet haben, gibt es dort eine Geheimtür. Wenn sie das einzige Schlupfloch ist, sitzt unser alter Freund in der Falle. Vorausgesetzt, du schnappst ihn dir.«

»Keine Sorge«, antwortete Patrick, »der entkommt uns jetzt nicht mehr.«

Er klatschte in die Hände und scheuchte die Nachwuchs-

phantome aus ihrem Mittagsschläfchen. »Auf, ihr Faulpelze! Jetzt wird eine Runde geschwommen. Folgt mir!«
Die Freaks kannten bisher nur einen Eingang zur Spirit-Rechenzentrale und der lag unter Wasser. Die Zwillinge wussten, dass es zusätzlich noch zwei Geheimtüren gab. Durch eine davon war Lisa entschlüpft. Die zweite Tür führte zum U-Bahn-Netz. Es war ihnen bisher nicht gelungen, sie zu öffnen. Da Erik den Eingang zur Drachenburg versperrte, musste Lisa tauchen, wenn sie nicht geschnappt werden wollte. Auch damit hatte sie gerechnet. Sorgfältig verbarg sie ihr verräterisches blondes Haar unter Taucheranzug und Badekappe. Sie überprüfte Brille und Schnorchel und schlüpfte in die Taucherflossen.
Der Unterwassereingang war ein kreisrundes Becken in der Zentrale. Lisa hechtete gerade über den Beckenrand, als Patricks Kopf durch die Wasseroberfläche brach. Unter Wasser stieß sie beinahe mit den Nachwuchsphantomen zusammen. Sie konnte nur hoffen, dass niemand sie in dem Augenblick erkannt hatte. Ihre kurzen, kräftigen Beine strampelten im Takt. Ohne Taucherflossen hatten die Nachwuchsphantome keine Chance gegen sie. Lisa wich ihnen mit Leichtigkeit aus. Dicht an der Wasseroberfläche flitzte sie nach Süden. Sekunden später tauchte Patrick wieder auf. Der Phantom-Chief erkannte sofort, was sie vorhatte. »Die Boote!«, keuchte er. »Besetzt die Boote!«
Lisas Vorsprung wuchs, doch nicht so sehr, wie sie es erwartet hatte. Sie konnte nicht ahnen, dass es unter den Nachwuchsphantomen eine Spitzenschwimmerin gab.

Arabella-Madeleine trainierte im Sportverein und hatte schon drei Meisterschaften mitgemacht. Das wurde Lisa beinahe zum Verhängnis. Nur noch wenige Meter trennten sie von den Booten.
Natürlich wählte sie sich den schnellsten Flitzer aus, ein Druckluftboot der Air-Jet-Klasse. Lisa tauchte und löste das Ankertau. Schnaufend stemmte sie sich über die Reling. Dabei spürte sie, wie Mades Hand ihren rechten Fuß streifte. Irgendwie erreichte sie rechtzeitig den Fahrhebel und drückte ihn bis zum Anschlag nach vorn. Der Air-Jet bäumte sich auf und raste davon.
Made geriet dabei nicht in Gefahr. Die Gigaplex-Techniker hatten alle Schiffsschrauben im Park durch Gitter gesichert, damit sich niemand verletzen konnte. Made wurde aber von den Strudeln herumgewirbelt. Dabei erwischte sie das Ankertau. Sie fühlte einen heftigen Ruck in den Armen, als das Boot sie mitschleifte, doch sie ließ nicht los. Wie eine Klette hing sie an dem Tau. Lisa kümmerte sich nicht darum. Sie bediente den Bordcomputer.
»Blockadeprogramm aktivieren«, tippte sie ein. **»Ausnahmekennzeichen . . .«** Sie beugte sich über die Reling und las den Namen des Bootes ab. **». . . Air-Jet Alpha, Kennwort: Igel.«**
Gleich darauf streikten die Motoren aller anderen Boote.
»Neues Passwort eingeben«, blinkte die Schrift auf ihren Bordmonitoren.
Lisa grinste schadenfroh, als sie Patricks wütendes Gebrüll hörte. »Oh, ich hasse Computer!«, schimpfte der

Phantom-Chief. »Schnell, wir brauchen einen Super-User. Wo ist dieser Wicht Erik, wenn man ihn braucht?«
Zu seinem Erstaunen setzte sich plötzlich doch ein Boot in Bewegung. Rebecca hatte einfach die Kabel kurz geschlossen und die Elektronik lahm gelegt.
»Michael, übernimm du das Steuer!«, rief Beccy. Dann sprang sie über Bord und schwamm zum nächsten Boot.
Es war Lisas Glück, dass die anderen Technos im ganzen Park verstreut waren. Rebecca konnte die Motoren nur einzeln flott machen. Das dauerte eine Weile. Doch es stand auch so schlimm genug um den »Igel«. Lisa musste unbedingt die lästige Made loswerden, die ihre Fahrt bremste. Sie steuerte auf die Insel Rattenparadies* zu.
Das Eiland wurde nur selten besucht, denn es wurde von dichtem Au-Dschungel überwuchert. Lisa lenkte das Boot zur Nordspitze der Insel, wo das Wasser seicht war und viele Wasservögel nisteten. Der Air-Jet pflügte durch einen Teppich aus Schlingpflanzen. Made war darüber nicht gerade erfreut. Sie hustete und spuckte, doch sie ließ nicht locker. Im Zickzackkurs schleifte Lisa sie durch treibenden Faulschlamm und Algenschleim. Made hielt eisern durch. Erst als das Boot eine Rattenfamilie aufscheuchte, wurde es ihr zu viel. Immer wieder kreuzte Lisa den Kurs der schwimmenden Nager, bis sich Made kreischend ans Ufer flüchtete. Es war allerhöchste Zeit für den »Igel«. Michaels Boot bog bereits um die Inselspitze.
Lisa nahm Kurs auf Mikromerika*. Mit ein wenig Glück

---

* Siehe Seite 6: Die Geografie von Mystery-World

reichten die Druckluftvorräte bis dorthin. Wenn sie verbraucht waren, blieb nur noch der langsame Elektroantrieb.

»Was machst du denn, du Dummkopf?«, rief Made, als Michael seine Fahrt bremste und das Ufer ansteuerte. »Kümmere dich nicht um mich. Schnapp dir den Maulwurf!«

»Wenn jemand in Seenot ist, muss man ihn retten«, brummte Michael unbeirrt. »Das ist wichtiger als jedes Spiel.«

Er reichte ihr die Hand und half ihr ins Boot. Dabei rümpfte er die Nase.

»Ist was?«, fragte Made gereizt.

Michael schüttelte den Kopf.

»Lügner! Ich miefe wie ein fauler Fisch. Sag es ruhig. Glaubst du etwa, du musst Rücksicht nehmen.«

»Tja, ich . . .«

»Gib endlich Gas! Wir haben genug Zeit vertrödelt.«

Sie drückte den Fahrthebel nach vorn. Michael konnte gerade noch das Steuer herumreißen. Beinahe hätten sie die Uferböschung gerammt.

»Geh weg vom Steuer«, protestierte Michael. »Ich bin hier der Kapitän.«

»Nein ich«, widersprach Made. »Frau Kapitän, wenn ich bitten darf.«

»He, was soll das? Lass deine miese Laune nicht an mir aus. Ich kann nichts dafür.«

»Ich bin nicht mies gelaunt!«, brüllte sie ihn an. »Verflixt, der Maulwurf entkommt uns! Warum fährt das Boot nicht schneller?«

»Weil wir zu zweit sind«, erklärte Michael. »Wir sind zu schwer.«
»Ja, durch deinen Dickbauch«, nörgelte Made. »Los, schnapp dir ein Paddel oder lass dir sonst was einfallen. Wir müssen schneller werden.«
»Ich soll mir was einfallen lassen?« Michael sah sie nachdenklich an. »Du bist doch eine ausgezeichnete Schwimmerin, stimmt's?«
»Allerdings. Warum fragst du?«
»Ich will nur sicher sein, dass du nicht ertrinkst, wenn ich Ballast abwerfe.«
»Nicht doch«, keuchte Made, als sie begriff, was er vorhatte. »Nein, das wagst du nicht. Das ist Meuterei! Das ist . . .«
Der bärenstarke Junge hob die kreischende Frau Kapitän hoch und warf sie über Bord.

Kurz vor Kap Hoorn, der Südspitze Mikromerikas, streikte Lisas Druckluftmotor. Sie schaltete auf Elektroantrieb um und zurrte den Fahrthebel mit einer Leine fest. Michaels Boot kam rasend schnell näher. Lisa ließ sich davon nicht aus der Ruhe bringen. Eiskalt umschiffte sie die Südspitze der Insel. Dadurch geriet sie für einige Sekunden aus Michaels Sichtweite. Das genügte ihr. Sie sprang aus dem Boot und tauchte zum Ufer.
Michael verfolgte weiter das leere Boot. Es dauerte nicht lange, bis er seinen Irrtum erkannte. Trotzdem kehrte er nicht um. Ein führerloses Boot war gefährlich, auch wenn es nur langsam dahintuckerte. Er musste es irgendwie

stoppen. Auch Lisa hatte daran gedacht. Ein Funkimpuls aus ihrem Notsignalgeber unterbrach den Antrieb.
Fünf Minuten später wurde Mikromerika von der Phantomflotte eingekreist. Am Ufer fand Patrick einen Taucheranzug mit der Aufschrift »Eigentum der Gigaplex Limited Company«. Das war alles. Er vermutete, dass der Maulwurf zur nächsten U-Bahn-Haltestelle geflüchtet war.
Lächelnd lag Lisa am Strand von Südmikromerika. Sie sah den abziehenden Booten nach und räkelte sich im warmen Sand. Igel eins hatte seine Mission erfolgreich beendet. Über Sieg oder Niederlage wurde aber letztendlich im virtuellen Raum entschieden.

Das virtuelle Universum

Ich kann diese Schwindeltreppe nicht ausstehen«, beschwerte sich Lizzy. »Wie tief geht es denn noch runter? In meinem Kopf dreht sich schon alles.«

»Machen wir eine Pause«, schlug Sonja vor.

Sie waren dem Maulwurf durch das Feuer gefolgt. Ohne seinen Hinweis wären sie nie darauf gekommen, dass der Kamin eine raffiniert getarnte Geheimtür war.

»Ich möchte wissen, ob Erik den Datenmaulwurf geschnappt hat«, sagte Lizzy.

Das wollen wir doch nicht hoffen, dachte Laura.

»Kommt weiter!«, forderte sie. »Ich kann das Ende der Treppe schon sehen.«

Ohne auf Lizzys Proteste zu achten, lief sie voran. Sie wusste, dass es in diesem Teil des Spiels auf Schnelligkeit ankam. Es war allerhöchste Zeit. Plötzlich sah es so aus, als ob die ganze virtuelle Welt erzitterte. Direkt vor ihren Füßen entstand ein Riss. Ein dumpfes Grollen folgte.

»Beeilung!«, rief Laura. »Ich glaube, die Treppe stürzt ein. Schneller, Lizzy!«

»Ich kann nicht schneller. Die Stufen machen mich krank.«

»Mach die Augen zu und lauf. Ich führe dich.«

Sie schafften es im letzten Augenblick. Kaum hatten sie das Ende der Treppe erreicht, da stürzte sie in sich zusammen. Ein Brüllen wie von einem großen Raubtier war zu hören. »Das sind die Drachen«, erklärte Sonja. »Bevor wir uns in die Halle des Feuers wagen, sollten wir uns neue magische Hilfsmittel besorgen. Ich erinnere mich, dass es hier irgendwo eine Rüstkammer gibt. Hilfst du mir, Laura?«

Während sich ihre Freunde auf den Boden setzten und ausruhten, huschten Sonja und Laura von Tür zu Tür. Sie ahnten noch nicht, dass das Spiel eine unerwartete Wendung nehmen sollte.

»Ach, du meine Güte!«, rief Lizzy plötzlich. »Der Kleine ist abgehauen!«

»Atü?« Sonja sah sich verwundert um. »Gerade eben war er noch hier.«

»Ich habe Beccy versprochen auf ihn aufzupassen«, jammerte Lizzy. »Als ich ihn zuletzt sah, spielte er mit der goldenen Katze. Das war in dieser Richtung. Ich muss den Wichtel unbedingt finden.«

»Warte, ich komme mit!«, rief Sonja.

Hilflos musste Laura zusehen, wie die Freaks zum Eingang der Drachenhöhle rannten. Ohne zusätzliche magische Hilfsmittel waren sie dort chancenlos. Laura murmelte eine Verwünschung und hetzte hinterher.

Sie kam gerade rechtzeitig, um zu sehen, wie sich ein riesiger Drache zu Atü hinabbeugte und wie ihm der freche Wichtel die Schwertgrafik auf die Nase haute.

Der Drache brüllte. Rauch quoll aus seinen Nüstern. Gleich musste er Feuer speien.

Drachenfeuer loderte auch am anderen Ende der Höhle. Dort wurden die Freaks von einem zweiten Untier angegriffen. Lizzy wehrte die Flammen mit dem Schild ab.

»Game over«, flüsterte Laura.
In diesem Moment geschah etwas Unerwartetes. Bevor der Drache Feuer speien konnte, duckte sich die kleine goldene Katze und sprang dem Monster ins Maul.
»Mööh?«, grunzte der Drache. Eine Wolke harmloser Seifenblasen quoll dabei aus seinen Nüstern. Laura staunte. In der Chronik wurden die goldenen Tierfiguren nicht erwähnt. Die Zwillinge hatten sie deshalb für einen sinnlosen Gag der Programmierer gehalten und nie beachtet.
»Er hat meine Mieze gefressen!«, empörte sich Atü. »Du gemeines, hinterhältiges Monster. Na warte, du!«
So wütend ging er auf das Ungeheuer los, dass sich der Drache umdrehte und auf seinen dicken Beinen davonwatschelte. Auch damit hätte Laura nie gerechnet. Vielleicht war das Spiel doch noch nicht verloren?
Der Drache flüchtete durch ein Tor, hinter dem düster ein rotes Licht glühte. Der Kleine lief hinterher und verprügelte ihn dabei mit dem Schwert. Im Moment kam er offensichtlich allein zurecht.
Auf der anderen Seite der Höhle stand es weniger gut. Ercan schleuderte dem zweiten Drachen seine Blitze entgegen. Vergeblich. Das Monster brüllte nur gereizt.
»Haltet durch!«, rief Laura. »Ich komme!«
Noch im Laufen griff sie nach ihrem magischen Hilfsmittel. Es war das Halstuch mit den Augensymbolen.
Der Drache spuckte Feuer. Lizzy gab Sonja mit ihrem Schild Deckung. Die beiden blieben unversehrt. Nur Ercan war nicht schnell genug. Er geriet in den Strahl.
»Game over!«

Laura warf das Halstuch. Es schwebte auf den Drachen zu und bedeckte seine Augen. Das Ungeheuer brüllte ein letztes Mal. Dann fiel es um und schnarchte.

»Danke«, keuchte Lizzy atemlos. »Woher wusstest du das mit dem Tuch?«

»Ich wusste es nicht«, log Laura. »Ich hatte einfach nur dieses Hilfsmittel.«

»Glücklich gewonnen ist auch gewonnen«, schnaufte Lizzy. »Wo ist der verflixte Wichtel schon wieder?«

Atü wartete unter dem Torbogen auf sie. Dort lag auch die bewegungslose Drachengrafik. Der Kleine hatte das Ungeheuer tatsächlich besiegt. Natürlich war er mächtig stolz auf sich. Er hüpfte vor Aufregung.

Die Freaks gingen hinter dem Drachenkörper in Deckung und spähten in die zweite Höhle. Sie war riesengroß und so hoch, dass die Decke wie ein steinerner Himmel wirkte. Gewaltige Felssäulen stützten sie. Das rote Leuchten kam nicht von der Decke, sondern aus zahllosen Spalten und Rissen im Boden. In der Tiefe glühte es. Ab und zu züngelten Flammen aus den Spalten. Dicker Qualm behinderte die Sicht.

Es war ein faszinierender Anblick, doch die Spieler interessierten sich vor allem für ein schimmerndes Fenster, gar nicht weit vom Eingang entfernt. Dort stand in unübersehbaren Feuerbuchstaben geschrieben:

Level vier

»Kleinigkeit«, sagte Atü. »Das erledigen wir mit links.«

»Ich habe geahnt, dass er so etwas sagen würde«, stöhnte

Lizzy. »Arme Beccy. Wie hält sie es überhaupt mit diesem Quälgeist aus?«
»Aber der Kleine hat Recht«, meinte Sonja. »Es sieht wirklich nicht schlimm aus. Die meisten Spalten dürften zumindest für dich kein Problem sein. Im Weitsprung bist du doch einsame Spitze.«
»So, meinst du?« Lizzy schätzte die Breite der Gräben ab und wiegte unsicher den Kopf.
Auch Laura schüttelte den Kopf. »Die Spalten sind nicht das entscheidende Problem. Seht mal da oben.«
Sie zeigte auf die Felstürme, an denen Drachenhorste wie Schwalbennester klebten. Der ganze Luftraum wimmelte von den geflügelten Ungeheuern.
»Lizzy läuft zum Tor und wir lenken die Drachen ab«, schlug Sonja vor. »Selbst wenn wir dabei aus dem Spiel geworfen werden.«
»Könnte klappen«, gab Laura zu. »Es reicht, wenn ein Spieler durchkommt. Die anderen bieten sich absichtlich als Drachenfutter an.«
»Die armen Drachen.« Sonja kicherte. »Ich bin bestimmt sehr zäh.«
»Wenn wir losschlagen«, sagte Laura, »dann darf keiner Angst haben oder zögern. Wenn auch nur einer von uns kneift, könnte alles vorbei sein.«
»Die Freaks haben noch nie vor etwas gekniffen«, knurrte Lizzy. »Verteilt euch! Sonja nach links, Atü und Laura nach rechts. Seht zu, dass sie euch nicht allzu schnell erwischen.«
Sonja startete als Erste. Sofort stürzten sich zwei Drachen

Level vier

aus ihren Nestern. Sie waren sagenhaft schnell. Sonja konnte das Rauschen ihrer Schwingen nicht hören, doch ihr Instinkt warnte sie rechtzeitig. Sie hechtete zur Seite. Zwei Flammenstrahlen verfehlten sie knapp. Die Angreifer schlugen einen Looping und flogen erneut auf sie zu.
Laura nahm Atü an der Hand und rannte, was ihre kurzen Beine hergaben. Hinter sich hörte sie krächzende Schreie. Sie hatte ein Ziel im Auge, das sie von früheren Versuchen kannte, eine Höhle am Fuß des nächsten Felsturms.
»Spring, Kleiner!«, rief sie. Irgendwie schafften sie es rechtzeitig in die sichere Deckung.
Lizzy setzte elegant über die erste Spalte. Sie stoppte ihren Lauf nicht ab, sondern nahm gleich das zweite Hindernis. Dann musste sie anhalten, um den besten Weg abzuschätzen. Trotz des Ablenkungsmanövers ihrer Freunde wurde sie angegriffen. Mit dem Schild wehrte sie den ersten Flammenstrahl ab. Sie ließ sich zur Seite fallen, rollte sich ab und sprang dann über die nächste Spalte. Das Ziel war nicht mehr weit.
Kaltblütig wartete Sonja, bis sich beide Angreifer näherten. Erst dann setzte sie ihr magisches Hilfsmittel ein. Sie hatte keine Ahnung, was die Kette mit den Spinnenanhängern eigentlich bewirkte. Auf gut Glück schleuderte sie den Drachen je eine Spinne entgegen. Zwei Netze bildeten sich in der Luft. Die zornig kreischenden Drachen verwickelten sich darin und stürzten ab.
»Da, nimm das Schwert«, sagte Atü zu Laura. »Du kannst am besten damit umgehen.«

Er hüpfte aus dem Versteck. Im Zickzack, Haken schlagend wie ein Hase, rannte er zwischen den Spalten umher. Dabei lachte er und rief: »Fangt mich, fresst mich, fangt mich!«
Tatsächlich drangen einige Drachen, die bisher auf Lizzy zugesteuert waren, in seine Richtung. Laura hörte noch ein letztes »Fangt mich!«. Dann wurde der Kleine erwischt.
»Game over!«
Als Sonja sah, wie Lizzy angegriffen wurde, eilte sie ihrer Freundin zu Hilfe. Sie erreichte Lizzy im selben Moment, als der nächste Flugdrache Feuer spie. Beide Mädchen gingen hinter dem Schild in Deckung.
»Spring endlich!«
»Geht nicht!«, schrie Lizzy zurück. »Die Spalte ist zu breit. Das schaffe ich nicht.«
Sonja warf eine Spinne in die Spalte. Das Netz überspannte den Abgrund. Leichtfüßig lief Sonja darüber.
»Komm, worauf wartest du noch?«
Doch Lizzy zögerte. Nachdenklich stand sie am Abgrund und starrte in die feurige Tiefe.
»Geh du allein«, sagte sie schließlich. »Wenn du den Schild willst, dann nimm ihn dir. Ich steige aus.«
»Wie? Was? Du steigst aus? Was soll das heißen?«
»Das kannst du nicht machen!«, protestierte auch Laura. »Ihr habt es beinahe geschafft!«
»Ich finde dieses Spiel langweilig«, erklärte Lizzy mit fester Stimme. »Am Anfang war es ja ganz nett und spannend, aber jetzt . . . Ist doch immer derselbe Käse.«

Eher unbewusst hob sie den Schild, um den nächsten Angriff zu parieren.
»Du gibst auf?«, fragte Sonja unsicher. »Das glaube ich einfach nicht! Es passt nicht zu dir.«
»Ich gebe nicht auf. Ich habe beschlossen aufzuhören.«
»Warum ausgerechnet jetzt? Willst du nicht wissen, was hinter dem Tor ist?«
»Nein, denn dann würde ich bestimmt weiterspielen. Ich will aber nicht ewig hier im Keller herumstiefeln, während draußen die Sonne scheint. Wozu brauchen wir ein virtuelles Universum? Wir haben doch längst unser Spielparadies gefunden, den Mystery-Park!«
Entschlossen nahm sie den Helm ab. »Game over!«
In der wirklichen Welt wurde sie stürmisch von Atü begrüßt. Es dauerte nicht lange, da nahm auch Sonja den Helm ab. Sogar Laura beendete freiwillig das Spiel. Sie war wieder knapp vor dem Tor gescheitert, doch diesmal fühlte sie sich unbesiegt. Lizzy zwinkerte ihr zu. »Kommt, Freunde. Nichts wie raus hier!«
»Halt, wartet noch!«, dröhnte es plötzlich aus einem Lautsprecher.
Lautlos und völlig unvermutet, glitt die Wand des Kellerraumes zur Seite. Ein Bildschirm mit Videokamera wurde sichtbar und es erschien das Gesicht eines bärtigen Mannes.
»Markus Stiebinger«, flüsterte Laura ehrfürchtig. »Ist er es wirklich?« Sie kannte das Gesicht aus Computerzeitschriften. Es war weltberühmt.
»Hallo, Markus!«, riefen Lizzy, Sonja und Atü.

Der mächtige Gigaplex-Manager war ein guter Freund der Freaks. Sie hatten schon einige Abenteuer zusammen erlebt. Dieser Mann hatte den Mystery-Park vor vielen Jahren erdacht und geplant.
»Schön, euch zu sehen, Freunde«, begrüßte Markus sie. »Als ich hörte, dass ihr in die Drachenburg eingedrungen seid, habe ich sämtliche Termine abgesagt. Seitdem warte ich im Pressezentrum vor dem Tor auf euch. Ich wusste, dass ihr das Computerspiel lösen würdet, obwohl alle Software-Ingenieure und Verhaltensforscher dagegen gewettet haben. Sie kennen eben die Generation Future nicht so gut wie ich.« Er lachte. »Für euch ist wohl nichts unmöglich!«
»Sorry, Markus, aber wir haben Level drei nicht wirklich gelöst«, gab Lizzy zu.
»Oh doch, das habt ihr! Und du, Wildkatze, hattest den größten Anteil daran.«
»Ausgerechnet ich? Aber ich war es doch, die . . .«
». . . die das Spiel freiwillig abgebrochen hat, und das knapp vor dem Ziel?« Markus nickte. »Warum hast du das getan?«
»Ehrlich gesagt, hatte ich einfach die Nase voll. Ich will deine Programmierer nicht beleidigen, aber es wurde stinklangweilig.«
»Ausgezeichnet! Ich hatte gehofft, dass du das sagst.«
Die Freaks starrten ihn verblüfft an. Nur Sonja lächelte. Sie kannte diesen merkwürdigen Mann am besten.
»Es existiert gar kein Level vier, stimmt's, Markus? Twilight, das virtuelle Universum, war nur eine Illusion.«

»Doch, es existiert«, widersprach Markus. Er lachte wieder. Sonja hatte sogar das Gefühl, dass er sie auslachte, weil sie gar nichts begriff.
»Nicht weit von hier gibt es einen unterirdischen Saal, groß wie eine Sporthalle. Dort können die Spieler ihre Levels selbst erschaffen. Stellt euch vor, ihr wünscht euch einen Berg an einer bestimmten Stelle, und schon steht er vor euch. Wünscht euch eine Wiese, einen Fluss und schon seht ihr sie. Wie findet ihr das?«
»Toll!«, rief Laura. »Genau das habe ich mir immer ausgemalt. Können wir dann auch selbst den Spielverlauf bestimmen?«
»Nicht wirklich«, bedauerte Markus. »Allerdings könnt ihr unter hunderten von Rätselspielen wählen und sie beliebig aneinander reihen. Unsere Software-Ingenieure arbeiten mit großem Einsatz daran. Ich glaube nicht, dass es euch jemals an Spielen mangeln wird. Soll ich dir den Eingang nach Twilight zeigen?« Er sah Laura forschend an. Dabei wirkte sein Gesichtsausdruck angespannt.
Als Sonja sah, dass Laura zögerte, kam sie ihr zu Hilfe.
»Markus, gibt es eine echte Lösung für Level drei? Könnte man die Drachen besiegen, auch ohne dass man den Helm abnimmt?«
»Nein, unmöglich. Aber warum willst du das wissen? Möchtest du weiterspielen und mir das Gegenteil beweisen?«
Jetzt war es Sonja, die ihn auslachte.
»Fällt mir gar nicht ein. Ich weiß jetzt, warum ihr die Drachenburg geschaffen habt. Ihr wolltet, dass wir so lange

vergeblich spielen, bis wir es satt haben. Ihr wolltet, dass wir den Spaß an Computerspielen verlieren.«

Markus verneinte. »Wir wollen niemanden abschrecken. Wir wollten euch nur vor euch selbst schützen. VR-Spiele können süchtig machen, wie ihr bestimmt bemerkt habt. Erst wenn die Kids das kapiert haben und bereit sind freiwillig aufzuhören, dürfen sie weiterspielen. Verratet es bloß niemandem, besonders nicht den Joystickwirblern. Sie müssen diese Lösung selbst finden.« Er machte eine Handbewegung, als wollte er lästige Fliegen verscheuchen. »Und jetzt geht. Geht und schafft euch euer neues Universum. Aber verbringt nicht euer Leben dort.«

Laura zog ein mürrisches Gesicht. Sie fühlte sich betrogen.

»Ein neues Universum? Dass ich nicht lache! Ich will nicht länger Spiele spielen, die sich andere ausgedacht haben. Ich will selbst Rätsel programmieren und meine eigenen Abenteuer erleben.«

»Das kannst du jederzeit«, beteuerte Markus. »Weißt du, es gibt noch ein anderes Spieleuniversum. Genau genommen, gibt es sogar zwei davon.«

»Lass mich raten«, bat Sonja. »Das erste Universum ist der Mystery-Park, nicht wahr?«

Markus nickte.

»Die wirkliche Welt«, ergänzte Laura. »Aber was ist das zweite Universum?«

»Das ist hier drin.« Markus tippte sich an den Kopf. »In diesem Universum gibt es keine Grenzen, keine fixen Gesetze, keine Vorschriften. Du kannst dort jedes Rätsel erschaffen, jedes Abenteuer erleben, du kannst Raum und Zeit überwinden.«

»Unsere Phantasie!«, rief Sonja. Sie hatte endlich begriffen.

»So ist es«, bestätigte Markus. Er strahlte vor Freude. »Ich bin stolz auf euch! Nichts ist kostbarer als eure Phantasie. Vergesst es niemals.«

Der Bildschirm wurde dunkel. Nachdenklich folgten die Freaks den roten Pfeilen zum Ausgang. Niemand mehr wollte das virtuelle Universum erforschen. Sie wollten nur noch hinaus in die Sonne.

Aufbruch zu neuen Ufern

Die letzten zwei Augustwochen verbrachten Sonja und Erik auf Corsar*, einer winzigen Insel im Stausee. Sie lagen in der Sonne, badeten, fischten und saßen abends zusammen am Lagerfeuer. In der Zentrale der Freaks ließen sie sich nicht mehr blicken. Erik genoss diese Tage ohne Arbeit. Auch Sonja tat so, als wäre sie vergnügt und unternehmungslustig. Erik ließ sich aber nicht täuschen. Er spürte ihre innerliche Verzweiflung. So war er nicht überrascht, als Sonja am Abend des vorletzten Ferientages in Tränen ausbrach.

»Ach, es ist so ungerecht«, klagte sie. »Übermorgen beginnt wieder die Schule. Unser großes Spiel ist zu Ende. Das war unser letzter Sommer in Mystery.«

»Nichts ist zu Ende«, tröstete Erik sie. »Es ist ein Neubeginn, ein neues, noch aufregenderes Spiel. Wir gehen gemeinsam nach Aurora. Wir werden mit unseren alten Freunden zusammen sein. Freust du dich nicht darauf?«

Sonja nickte wortlos, obwohl ihr die Tränen über die Wangen kullerten.

Um den Abschied der Sechzehnjährigen nicht unerträglich zu machen, hatte Gigaplex vorgesorgt. Direkt an Mystery schloss sich ein zweiter Park an.

»Aurora« (Morgenröte) wurde das Gebiet genannt. Dort durfte die »Generation Aurora«, das waren die über

---

* Siehe Seite 6: Die Geografie von Mystery-World; außerdem: Stichwortverzeichnis

Sechzehnjährigen, bis an ihr Lebensende die Ferien verbringen.

Aurora, so hieß es, sei zwar wunderschön und technisch noch moderner ausgerüstet als Mystery, doch fühlte sich jeder Aussteiger wie verbannt.

Sonja und Erik hatten schon viele Freunde nach Aurora verabschiedet. Und nun waren sie selbst an der Reihe. Sonja konnte es gar nicht fassen. Sie lehnte sich an Eriks Schulter und schluchzte.

»Ich bin noch nicht bereit. Ich will nicht fort von hier.«

»Nicht doch«, flüsterte Erik. »Es wird sich nichts ändern. Aurora ist ebenso ein Teil von Mystery, nur größer, spannender und rätselhafter.«

»Vielleicht«, murmelte Sonja. Es klang nicht sehr überzeugt.

»Warum probieren wir es nicht aus?«, schlug Erik vor. »Man darf Aurora zwar erst besuchen, wenn man sechzehn ist, aber die Regel wird nicht so streng eingehalten. Hier in Mystery beginnt das siebzehnte Lebensjahr schon nach dem letzten Feriensommer. Ab morgen, bis zu unserem Geburtstag, haben wir sogar Zutritt zu beiden Parks. Super, oder?«

»Nur bis zu unserem Geburtstag«, wiederholte Sonja traurig. »Dann dürfen wir nie mehr zurück.«

»Bis dahin haben wir noch sieben Monate Zeit. Los, komm mit!« Er sprang auf und machte das Elektroboot startklar.

»Was hast du vor?«, fragte Sonja erstaunt. »Wohin willst du? Gleich ist es stockdunkel.«

»Eine Überraschung.« Erik lächelte geheimnisvoll.
Sonja seufzte und stieg ins Boot. Bald glitten sie lautlos über den mondbeschienenen Stausee. Nebelschleier trieben über die Wellen. Sonja hüllte sich fröstelnd in eine Decke. Die warmen Sommerabende waren endgültig vorbei. Immer weiter nach Norden steuerte Erik das Boot, bis sie den Staudamm von Aurora erreichten.
»Es ist so weit«, flüsterte Erik in das Bordfunkgerät. »Ihr könnt jetzt anfangen.«
»Mit wem redest du?«, fragte Sonja misstrauisch.
Erik gab Antwort, doch sie konnte ihn nicht verstehen. Es war zu dunkel, um seine Worte von den Lippen abzulesen.
Plötzlich wurde die Nacht von bunten Feuerblumen erhellt. Leuchtkugeln stiegen in den Himmel. Künstlicher Nebel wallte, durchzuckt von grellen Laserstrahlen.
Die Generation Aurora begrüßte ihre alten Freunde mit einem spektakulären Feuerwerk. Auch auf der Dammkrone wurden Freudenfeuer angezündet. Dort standen Mädchen und Jungs, die ihnen zuwinkten. Eriks Bruder Harald war gekommen und viele Freaks, die bereits über sechzehn waren. Von der anderen Seite näherte sich die Phantomflotte. Alle alten und neuen Freaks waren da, um die beiden Super-User zu verabschieden. Gemeinsam mit Eriks Boot legten sie am Staudamm an.
In dieser Nacht dachte niemand an Schlaf. Es war die größte Party, die in Mystery je gefeiert wurde. Lizzy und Harald spazierten Hand in Hand im Mondschein. Sie waren seit langer Zeit ein Paar. Die kurzzeitige Trennung

durch die zwei Parks hatte nichts daran geändert. Die Nachwuchsphantome verbrüderten sich mit den Altchiefs von Aurora.
Mini-Atü und Ercan prahlten mit ihren Abenteuern in der Drachenburg. Made hielt Michael einen Vortrag, warum Mädchen die besseren Freaks seien. Erik und Patrick grölten gemeinsam eine Opernarie von Mozart.
In dieser fröhlichen Stimmung konnte Sonja nicht länger traurig sein. Erik hatte Recht. Die Freaks waren alle eine große Familie, die kein Staudamm und keine Altersgrenzen trennen konnten. Das Spiel war nicht zu Ende. Es begann immer wieder neu, stets auf einem höheren Level.
Erst als der Morgen dämmerte, kehrte Ruhe ein. Die meisten Freaks schliefen in ihren Schlafsäcken. Nur die Chiefs, alte und neue, saßen noch vor dem Feuer und unterhielten sich leise. Sonja und ein pummeliges blondes Mädchen standen ein wenig abseits. Über Aurora, dem Park der Morgenröte, ging die Sonne auf.
»Wer bist du?«, fragte Sonja. »Laura oder Lisa? Ich kann euch nicht unterscheiden.«
»Die Frage muss anders lauten«, kam die Antwort. »Bin ich der Maulwurf oder der neue Super-User der Freaks? Was meinst du?«
»Du wirst niemals der echte Maulwurf sein«, sagte Sonja und zwinkerte ihr zu. »Höchstens eine mickrige Kopie.«
»Nicht einmal das ist sicher. Ich bezweifle, dass wir das Doppelspiel lange durchhalten. Weißt du, welchen Spitznamen mir der Phantom-Chief gegeben hat? ›Laura, der Igel‹! Dieses misstrauische Schnabeltier beschattet mich

bereits. Ich fürchte, er hat mich in der Spirit-Zentrale erkannt. Er hält bloß den Mund, weil er keine Beweise hat – noch nicht.«

Sonja seufzte. »Damit müsst ihr allein fertig werden. Ihr seid meine Erben, es ist euer Spiel. Ich werde nie mehr die Hauptzentrale besuchen und mich nicht mehr einmischen. Meine Arbeit hier ist beendet.«

Sonja konnte nicht ahnen, wie sehr sie sich irrte. Die größte Herausforderung in Mystery stand ihr noch bevor.

Schon einmal hatte ein mächtiger Konkurrent von Gigaplex versucht den Park zu schließen. Damals war der Plan am Widerstand der Freaks gescheitert. Doch dieser Versuch war nur ein erster, zaghafter Schritt gewesen. Gerade in diesem Augenblick legten die Saboteure einen neuen Plan zur Vernichtung von Mystery auf den Tisch. Und diesmal . . .

. . . meinten sie es wirklich ernst!

Anhang 1
Die Gesetze von Mystery-Park

Kinder und Jugendliche, die Mystery-Park besuchen, verpflichten sich sieben Regeln zu befolgen:

Regel 1
Wer darf Regeln neu erfinden oder ändern:
Alle Parkbesucher können Vorschläge für neue Regeln machen, nicht nur die Freaks.
Jeder wird per Computer am Eingangstor um seine Meinung gefragt. Der Computer erläutert die neue Regel und fragt: »Bist du damit einverstanden?« Eure Antwort erfolgt über das »Ja«- oder »Nein«-Feld. Erst wenn mindestens dreihundert Kids eine neue Regel für gut befinden, tritt sie in Kraft.

Regel 2
Mystery soll ein freies und friedliches Land sein:
Der Park ist groß genug für alle und er gehört allen!
Sofern ihr euch an die Regeln haltet, darf euch in Mystery niemand etwas verbieten. Wer einen geheimen Ort, ein Ding oder ein anderes Geheimnis als Erster entdeckt, darf es benützen, als wäre es sein Eigentum.
Kein Parkbesucher darf beleidigt, gequält oder misshandelt werden.
Schlägertypen und Fieslinge sind hier unerwünscht. Die

Freaks sperren jedem, der sich brutal und fies verhält, die Eintrittskarte in den Park!
Die Parkpolizei »Phantom« beschützt alle Unschuldigen, die von anderen mies behandelt werden. (Ruft Phantom aber bitte nicht wegen Kleinigkeiten zu Hilfe!)

Regel 3
Streitereien in Mystery:
(Diese Regel ist kompliziert. Lest sie notfalls zwei- oder dreimal durch. Wer sie dann noch nicht kapiert, soll am besten gar nicht streiten.)
Wenn euch persönliche Dinge gestohlen werden, so wendet euch an die Polizei. Für echte Verbrechen sind wir hier nicht zuständig. Oft kommt es aber vor, dass man sich darüber zankt, wer einen Gegenstand, einen Ort oder ein Geheimnis als Erster gefunden hat und für sich nutzen darf. Wird euch ein solcher Ort oder Gegenstand gestohlen, dann hilft euch Phantom. Ihr müsst den Diebstahl aber beweisen können. Ist das nicht möglich, erhält keiner von beiden die Beute. Wenn ihr den Streit mit den Fäusten austragen wollt, wird euch niemand daran hindern. Der Mystery-Park ist ein Abenteuerland und kein Kindergarten. Eines wollen wir aber klarstellen: Wir Freaks finden Gewalt lähmend und überflüssig! In Mystery darf niemand zur Rauferei gezwungen werden. Wer sich prügeln will, muss bei Phantom nach einem Streitpasswort fragen. Die Freaks gehen zu dem Gegner und sagen ihm das Wort. Der andere kann dieses Wort in den Computer eingeben und so die Herausforderung anneh-

men. (Er muss es aber nicht!) Phantom legt Ort und Zeit der Auseinandersetzung fest. Mindestens zwei Schiedsrichter achten darauf, dass ihr fair kämpft. Wer stiehlt oder ohne Passwort rauft, muss zwei Wochen lang im Verwaltungsgebäude Ost die Klos putzen. Das ist die Mindeststrafe. Besonders brutalen Typen wird die Eintrittskarte gesperrt.

Regel 4
Seid nett zueinander:
Ist jemand in Not, dann helft ihm gefälligst! Und gebt auf die Knirpse Acht! Ihr wart schließlich alle mal klein.

Regel 5
Feuer:
Gegen ein Lagerfeuer ist nichts einzuwenden, sofern ihr es kontrollieren könnt. Ideal für eine Feuerstelle sind freie Plätze wie Sandflächen oder Kiesbänke.
Nur Idioten zündeln auf trockenen Grasflächen oder unter Büschen und Bäumen. Wenn es »brenzlig« wird, wendet euch eiligst an Techno oder Phantom!

Regel 6
Tiere:
Jeder Besucher von Mystery darf innerhalb des Parks fischen und jagen. Handelt jedoch nicht leichtfertig, sondern überlegt gut, bevor ihr ein Tier tötet. Niemand kann es wieder zum Leben erwecken. Wer Tiere quält, wer absichtlich Haustiere oder geschützte Arten tötet, ist ein ab-

scheulicher Wurm. Er braucht sich im Park gar nicht mehr blicken zu lassen.

Regel 7

Umweltschutz:

Dazu müssen wir hoffentlich nicht viel sagen. Versaut den Park nicht, sondern pflegt und behütet ihn, kapiert!?

Anhang 2
Stichwortverzeichnis

(Orte und Begriffe wurden frei für diese Erzählung erfunden.)

Air-Jets: Elektroboote mit druckluftbetriebenen Zusatzmotoren. Der Druckluftantrieb kann die Boote auf hohe Geschwindigkeiten beschleunigen, allerdings nur kurze Zeit. Im Notfall können die Air-Jets auch als Mini-U-Boote eingesetzt werden. Der Heimathafen der Jetflotte ist die Unterwasserzentrale Submarine, zu der nur Freaks Zutritt haben.

Aurora: Der nördliche Teil von Mystery-World. Jugendliche ab sechzehn Jahren müssen den Mystery-Park verlassen und dürfen nach Aurora gehen. Kids unter sechzehn haben nur Zutritt, wenn sie von einem älteren Freund oder einer älteren Freundin begleitet werden.

Corsar: Winziges Eiland im westlichen Inselmeer. Eriks Lieblingsort.

Freaks: Die Ordnungshüter von Mystery-Park: die Super-User, Technos und die Parkpolizei Phantom.

Gigaplex: Größter Computerkonzern der Welt. Hat Mystery-World geplant und erbaut; verwaltet und betreut den Park.

Inselmeer: Achtundvierzig künstlich erbaute Miniinseln im Stausee von Mystery-Park. Die Eilande sind dicht mit Pflanzen überwuchert, sodass sie wie natürlich gewachsene Inseln aussehen. Ein Teil dieser Inseln ist an das Mystery-U-Bahn-Netz angeschlossen.

Künstliche Intelligenz: In Mystery-World haben die Freaks bisher zwei künstliche Intelligenzen entdeckt. Eine befindet sich in Aurora. Die zweite ist der Supercomputer Spirit, der auf der gleichnamigen Insel im Mystery-Stausee versteckt ist. Man kann die künstlichen Intelligenzen zwar nicht mit menschlichen Gehirnen vergleichen, doch sie sind lernfähig und werden von Gigaplex stets auf dem neuesten Stand der Technik gehalten.

Midway: U-Bahn-Knotenpunkt von Inselmeer.

Mikromerika: Die größte Insel im Mystery-Park. Mikromerika ist über sieben Kilometer lang und wurde genau dem amerikanischen Kontinent nachgebaut.

Notsignalgeber: Jeder Besucher von Mystery muss einen mit sich tragen. Die Signalgeber sind mit Sensoren ausgerüstet, die Pulsschlag, Atmung und Körpertemperatur des Trägers messen. Die Daten werden an einen Computer weitergefunkt, der das Gigaplex-Wachpersonal außerhalb des Parks informiert. Über das Funkgerät im Signalgeber wird der Träger im Notfall aufgefordert sich zu melden. Tut er das nicht, werden die Videokameras im jeweiligen Parkabschnitt aktiviert oder Rettungsmaßnahmen eingeleitet.

Ostende: Uferbereich in der Nähe des Haupteingangs von Mystery-Park. Dort trifft man die meisten Parkbesucher. Auch die Zentrale der Freaks und das Phantomhauptquartier befinden sich dort.

Phantom: Eine Untergruppe der Freaks, auch Parkpolizei genannt. Diese Mädchen und Jungen greifen ein, wenn jemand die Gesetze des Parks bricht. Die Hauptaufgabe der Phantome ist es, Streit zwischen rivalisierenden Jugendgruppen zu schlichten und jede Gewalt im Park zu verhindern. Chief von Phantom ist Patrick, das Schnabeltier.

Sicherheitslevel: Mystery steckt voller Geheimnisse, die ein gewöhnlicher Parkbesucher niemals entdeckt. Es gibt drei Geheimhaltungsstufen (Levels). Auf Level drei haben nicht einmal die Super-User oder der Datenmaulwurf vollen Zugriff.

Spirit: Große Insel im Stausee von Mystery-Park. Der geheimnisvollste Ort des Parks. Standort der künstlichen Intelligenz, der Hologrammanlagen, der steinernen Wächter und der virtuellen Drachenburg.

Spitznamen: Jeder Besucher von Mystery bekommt irgendwann einen Spitznamen, der auf seine besonderen Fähigkeiten oder Schwächen hinweist. Zum Beispiel: Lizzy = Wildkatze, Patrick = Schnabeltier, Rebecca = Kurzschluss-Beccy.

Super-User: So heißen die Hackerkönige von Mystery: Sonja, das Eichhörnchen = Datenmaulwurf, Lizzy Wildkatze und Erik der Rote.

Technos: Eine Gruppe der Freaks. Mysterys jugendliche Techniker, die alle Apparaturen warten und reparieren. Die Technos sind außerdem die Feuerwehr des Parks. Chief der Technos ist Rebecca = Kurzschluss-Beccy. Beccy und ihr Bruder Mini-Atü werden auch die Cyborg-Geschwister genannt.

Mystery Park Level 1

Andreas Schreiner

Mystery Park in Gefahr

Die Attraktion dieses Sommers ist die rasante neue Magnetskatingbahn. Als dort jedoch ein Unfall passiert, gerät ganz "Mystery" in Gefahr. Anonyme Drahtzieher, die auf die Schließung des Parks hinarbeiten, nutzen den Unfall für ihre Zwecke aus. Die Freaks arbeiten auf Hochtouren, um sich gegen den unbekannten Gegner zu wehren.

176 Seiten. Arena-Taschenbuch.
Band 2882. Ab 11

Mystery Park Level 1

Andreas Schreiner

Aufstand der Geister

Findigkeit und Einsatz sind gefragt, als die geheimnisvolle Nova im Park auftaucht. Mit ihrer Anziehungskraft und ihren „Geistererscheinungen“ schart sie immer mehr Anhänger um sich. Die „Freaks“ agieren fieberhaft. Dennoch kann Nova eine neue Parkregel durchsetzen: Jegliche Technik soll aus „Mystery Park“ verschwinden.

188 Seiten. Arena-Taschenbuch.
Band 2881. Ab 12

Arena